RICARDO MARCONDES DE MATTOS

Catarina
A GRANDE DO RIO PRETO

Os imperdíveis
"causos" da mulher
que soube viver,
em vez de apenas
sobreviver

Copyright© 2021 by Ricardo Marcondes de Mattos.

Presidente: Mauricio Sita

Vice-presidente: Alessandra Ksenhuck

Diretora executiva: Julyana Rosa

Diretora de projetos: Gleide Santos

Relacionamento com o cliente: Claudia Pires

Revisão textual-artística: Edilson Menezes

Revisão: Daniel Muzitano e Rodrigo Rainho

Edição de arte: Christine Baptista

Ilustração: Luyse Costa

Impressão: Impressul

Dados Internacionais de Catalogação na Publicação (CIP)
(eDOC BRASIL, Belo Horizonte/MG)

Mattos, Ricardo Marcondes de.
Catarina: a grande do Rio Preto / Ricardo Marcondes de Mattos. – 1.ed. – São Paulo, SP: Literare Books International, 2021.
16 x 23 cm

ISBN 978-65-5922-127-1

1. Ficção brasileira. 2. Literatura brasileira – Romance. I. Título.
CDD B869.3

Elaborado por Maurício Amormino Júnior – CRB6/2422

Literare Books International Ltda.
Rua Antônio Augusto Covello, 472 – Vila Mariana – São Paulo, SP. CEP: 01550-060
site: www.literarebooks.com.br
e-mail: contato@literarebooks.com.br
Fone: (0**11) 2659-0968

dedicatória

Helcio, saudoso pai.
Cecília, querida mãe.
Kamila, maravilhosa esposa,
e meu alegre filho Bernardo:
a vocês dedico estas memórias
de uma personagem especial.

sobre o autor

Ricardo Marcondes de Mattos é médico especialista em Cirurgia Geral e Urologia, com doutorado em Urologia Pediátrica, fanático por esportes como *Rugby*, *Jiu-jitsu* e *Surf*. Pela primeira vez experimentando a arte romancista da escrita, traz à luz sua personagem Catarina, que há de ser inesquecível para os leitores.

índice

Apresentação 8

Efeito borboleta 13

Antunes, o traficante que ressuscitou 27

Kaleb e a herança 49

Cuidado com as curvas da vida 65

Se apanha na escola e não reage, apanha de novo em casa 77

Contra alma, arma é o caminho 91

A erva daninha das relações 105

Ajudar alguém sem olhar a quem 117

Vende-se uma aula de respeito ao cliente 133

A feira livre, uma lição de verdadeiro altruísmo 143

É macumba boa, não é? 153

Uma corrida de táxi rumo ao altruísmo 167

Quando os filhos mudam a nossa vida 181

Alguém está precisando de ajuda 193

Os mistérios do cemitério 203

A loira do banheiro 215

Os barracos que ensinam 227

apresentação

O mineiro chama as histórias de vida, sejam reais ou fictícias, de causos. E como a turma das Gerais foi feliz ao encontrar essa expressão. No fundo, a gente adora contar e ouvir causos, faz parte da nossa natureza humana.

Imagine uma pessoa que viveu muitos causos, aventuras inusitadas e inspiradoras, daquelas que a gente adoraria contar para os amigos, entre uma dose e outra de cerveja. Pronto, não precisa mais imaginar.

– *Leitor(a), apresento Catarina, nossa protagonista, por meio de 17 retratos e perspectivas, sob a luz de contos imperdíveis.*

Uma mulher autêntica, o tipo de pessoa que passa a vida inteira protagonizando a história que desejou para si, decidindo as ações que escolheu para o cotidiano, e primando pelas boas relações familiares, por uma vida em sociedade mais justa.

Se fosse para defini-la musicalmente, um trecho da canção *Pagu*, de Rita Lee, serviria com perfeição: "... minha força não é bruta. Não sou freira, nem sou puta".

Catarina dizia que o seu pai ensinara a metodologia "no fio do bigode", defendendo que cada membro da família precisava zelar pelo sobrenome, sem jamais se envolver em situações que envergonhariam a descendência ou a ascendência, ou seja, um homem de nobreza impecável.

Dona Joana, sua mãe, de perfil um pouco mais bruto, porém verdadeira e correta, também carregava o seu lado romântico, fazia as filhas recitarem poemas no sítio, alguns deles gigantescos, tal qual "A morte do saltimbanco", que Catarina recitava de cabeça desde a adolescência.

A despeito do juízo que o leitor possa fazer de seus pais (espero que não julgue, mas que entenda os costumes da época em que ocorreram os causos), Catarina recebeu uma formação da qual se orgulhava. Com todas as dificuldades que o pai e a mãe enfrentavam, ela avalia que recebeu uma educação de esmero, repleta de valores, sendo o bom caráter alicerce inegociável.

A você que é mais jovem, fica registrado um antecipado pedido de desculpas, caso sinta um certo pequeno hiato de ideias e pensamentos entre os causos e a realidade diferente do século XXI. Considere que a protagonista viveu numa época em que os alunos se levantavam quando o professor adentrava a sala de aula. Leve em conta ainda que Catarina experimentou os tempos do namoro de mãos dadas, do ritual que começava com o pedido formal de namoro, da relação que seguia um acompanhamento rigoroso dos pais e terminava em casamento.

Aos mais jovens e aos mais experientes, espero que a obra desperte o seu coração. Guie-se pela sabedoria de Catarina, que dizia o seguinte sobre a vida:

"Do momento em que nascemos ao que partimos, lições e mais lições formam o recheio, que é a vida".

E, por fim, guie-se pelos ensinamentos de Catarina sobre a outra etapa, a morte. Perguntada a respeito de como contemplava a única certeza da vida, ela deu uma pigarreada por causa do cigarro e respondeu o que merece ser compartilhado:

"A minha pele é sempre gelada porque sou friorenta. Quando morrer, mandei meus filhos confirmarem com três médicos que estou mesmo morta, pois tenho medo de escuro e de lugar fechado. No mais, a morte nos prepara a cada aniversário. A gente é que não percebe. Então, o negócio é viver bem, o máximo e da melhor forma que der"

Arrematando, ela diz como imagina que será a sua passagem:

– Chegando lá ao portal que separa o joio do trigo, o bondoso do malvado, vou pedir para São Pedro abrir seu livro, ver as bondades e maldades que eu fiz. Acho que as minhas maldades não machucaram ninguém, mas tenho certeza que as bondades ajudaram muita gente. Então, por que ter medo? Ele vai quebrar meu galho e arranjar um lugarzinho pra mim...

Receba as boas-vindas ao universo louco e admirável de Catarina. Você terá a chance de conhecer uma pessoa fantástica. Boa leitura!

EFEITO BORBOLETA

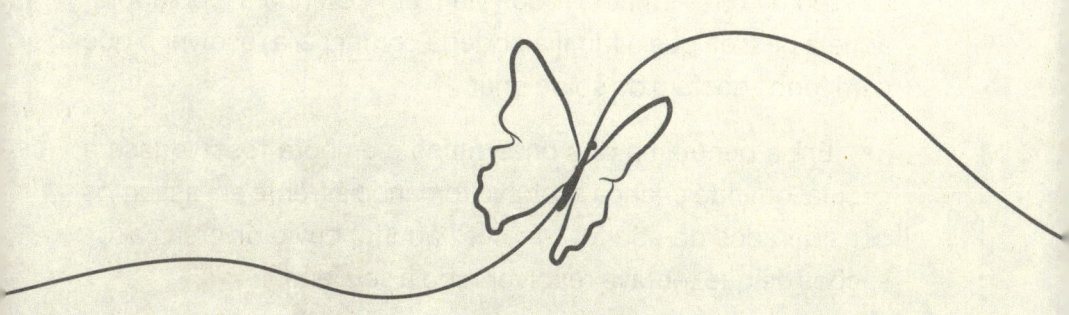

"Se toda ação gera reação, todo bom gesto gera transformação."

Filha do sírio Omar, homem de temperamento calmo, e de Dona Joana, uma mocoquense mais enérgica, Catarina não deixava para amanhã o que tinha de falar hoje, nem deixava para dizer o que pensava porque magoaria esta ou aquela pessoa.

De igual modo, desde que o fim se mostrasse benéfico a uma causa, não se importava tanto com os meios, como se verá ao longo de suas experiências.

Certa vez, uma amiga fez um comentário a respeito de seu pouco peso.

– Amiga, você fuma demais e tá muito magra. Não seria o caso de dar uma maneirada nesse cigarro e se alimentar melhor? Afinal, você já passa dos oitenta.

Catarina não precisou nem pensar. A resposta veio de um salto.

– Deixe-me assim, magrela. Quando eu morrer, os vermes vão morrer de fome.

Não se sabe o porquê, mas o fato é que a amiga não ousou discutir. Desde a infância em São José do Rio Preto, criada ao lado de onze irmãos, todos viam em Catarina a mediadora, aquela pessoa que a família poderia contar para resolver o que nem todos gostam de solucionar.

Era a penúltima dos onze filhos e embora fosse quase a caçula, quando criança acabava tomando a frente em assuntos considerados de adulto. Uma vez adulta, ouviu diversas acusações de que tentava resolver tudo a seu jeito.

A todos, dizia que tinha o nome extenso demais, Catarina Maria Margarida Mendes Farid de Souza. Quando perguntavam o seu nome completo para os cadastros disto ou daquilo, tinha uma resposta pronta.

– Tem certeza? Não pode ser apenas Catarina? Não sou a princesa Isabel para ter tanto nome, mas posso garantir que você vai passar a manhã inteira digitando o meu nome completo.

Impaciente, dava logo o documento de identidade, para facilitar as coisas.

– Copie daqui o longo texto, vou dar uma cochilada enquanto você acaba! – dizia, jocosa e irônica de natureza.

Esse era o seu estado de espírito mais comum, com uma chacota na manga, uma ironia na ponta da língua.

Desde criança, os pais viram que Catarina seria alguém que não passaria a vida na condição de coadjuvante, tampouco fazia o tipo que assistia a tudo. Gostava mesmo era de participar.

Quando chegou a hora de decidir sobre a educação de Catarina, seus pais optaram por um colégio interno administrado por freiras, o chamado internato, bem comum naquele tempo, sobretudo no interior paulistano.

As madres não tinham a menor ideia do que e de quem enfrentariam. Não que fosse uma criança problemática, tampouco de natureza ruim. Ao contrário, Catarina era do tipo que coibia injustiças e ajudava o outro a qualquer preço, ainda que se comprometesse.

Ao lado de Leopoldina, Laís e Aurora, formava o quarteto que deixava as freiras de cabelo em pé, dos primeiros anos de estudos até a graduação que o futuro conheceria como ensino médio (naquele tempo, era chamado de "científico").

Um dia, Catarina aprontava ao lado das amigas durante uma prova e não passaria sem que percebessem. Aliás, nada passava pelos olhos atentos e severos dos professores e das freiras.

Professor Amauri, que aprovava no máximo dois ou três de uma sala com cinquenta, viu a baderna da patota, chegou bem pertinho do quarteto e sentenciou.

– Vou dar nota zero a cada uma em português. Assim vocês aprendem a estudar. Ou estão achando que a vida fora desses muros vai permitir moleza? Vocês vão ter que estudar, se quiserem arrumar um marido que preste.

Pode ser estranho e melancólico, mas o fato é que a menina daquele início de século XX não era educada para seguir determinada profissão ou vocação.

O objetivo consistia em formar moças educadas e casadoiras – como se chamava, na época, a moça pronta e educada para se casar.

Casamentos à parte, Catarina começou a imaginar como ou o que faria para que aquelas notas zero não chegassem aos olhos da mãe. No fim da aula, Leopoldina, a louca, como era conhecida dentre as amigas em alusão a outra personagem histórica de mesmo nome, decretou a solução.

— Catarina, você precisa pensar em alguma coisa. Nem sei o que o meu pai faria se soubesse dessa nota zero.

Aurora complementou.

— Se tem alguém capaz de pensar numa saída, é você. Aliás, a culpa é sua, que falou do tamanho dos peitos da freira e fez a gente rir. Agora, se vira!

Laís, como de hábito, contemporizou.

— Gente, devagar. Não podemos nem colocar a culpa em Catarina, nem exigir que ela dê um jeito. Todas nós temos um zero em português e só uma nota 10 pode inverter isso. A questão é: como tirar nota 10 na prova do professor Amauri? Seria tão fácil quanto fazer a madre superiora dar uns tragos.

O quarteto riu e os ânimos se acalmaram. Mas Catarina não fugiria da responsabilidade e da pressão das colegas.

— Deixa comigo, vou resolver essa porra. À noite, vou dormir e matutar. Toda vez que me coloco a pensar em alguma coisa difícil ao dormir, a solução aparece na manhã seguinte.

— Quero só ver! — disse Leopoldina, a louca, sem acreditar que a amiga resolveria o caso.

Aos sábados, as quatro e as demais alunas tinham permissão de sair do colégio e seguir até o confessionário, no prédio vizinho, que ficava na igreja ao lado do colégio. Claro que a ocasião era usada para os pequenos pecados típicos das adolescentes; um cigarro escondido aqui, um jogo de tarô ali, um trago de bebida alcoólica acolá.

Leopoldina, a louca, adorava ler o futuro das amigas nas cartas. No fundo, ninguém entendia nada e duvidavam que a própria Leopoldina entendesse o significado de cada carta.

Uma das meninas revezava a vigília, enquanto as outras três aprontavam, antes de o padre chegar para ouvir as confissões. Naquela manhã, Leopoldina, a louca, pediu que Catarina tirasse as cartas e fez a leitura.

— Você tirou a morte. Isso quer dizer que um problema velho precisa morrer para a solução surgir. Tire outra.

Catarina puxou uma carta e Leopoldina continuou.

— O louco. Quer dizer que a solução para a nossa nota zero coletiva não vai ser nada comum. Você vai ter que pensar em algo muito, muito arriscado.

Chegou o momento de trocar a guarda. Catarina assumiu.

— Dá esse tarô aqui, vou ler direito. Vá ficar na vigília, que é a tua vez!

Leopoldina tinha fama de louca, mas era obediente e partiu rumo à porta, rendendo Laís, que vigiava. O único receio quando deixavam Leopoldina de guarda é que a menina viajava. A louca, como era conhecida, ficava olhando para o céu e devaneando, em vez de vigiar a chegada do padre.

Assim, entre uma travessura de adolescente e outra, Catarina carregaria a nota zero nas costas, se não pensasse em algo, e suas amigas também. Como prometido, no dia seguinte, após a aula, Catarina chamou as meninas, anunciou a solução e cada uma ficou incumbida de realizar uma parte.

Na secretaria do colégio, trabalhava uma jovem, Ligia, que fazia o papel de assistente de todos os professores. Catarina foi até Lígia, disposta a explorar o seu ponto fraco.

– Tudo bem, Ligia?

– Catarina, o que anda aprontando por aí desta vez?

– Eu nunca apronto, só resolvo coisas. Tenho uma proposta pra você.

– Pra mim? Não venha com encrenca para o meu lado!

– É coisa boa, porra! Eu sei que você gosta de Tobias, o motorista. Não só eu, todo mundo do colégio, as freiras e até as pedras no caminho sabem.

– Credo, eu hein, sai pra lá, tentação!

Catarina percebeu o rosto corado de Ligia e foi mais longe.

– Não precisa ficar com vergonha. Acontece que Tobias é um banana. Se ele nunca souber, você vai passar a vida gostando dele.

Uma freira passou por elas e, delicadamente, Ligia puxou Catarina pelo braço, levando-a a um canto mais discreto.

– Fale baixo, garota. Quer me arranjar problemas?

– Não, quero um acordo. Eu te ajudo a escrever um bilhete

secreto para o Tobias e dou um jeito para que chegue até ele sem que ninguém saiba. Em troca, só preciso de um favorzinho.

– Que seria?

– Na semana que vem, o professor Amauri vai aplicar a prova mensal e eu sei que você fica encarregada do mimeógrafo para fazer as cópias. Quero uma cópia antecipada, preciso de um dez para compensar a nota zero que ele me deu outro dia.

– Se alguém descobrir, eu perco o emprego.

– Se ninguém descobrir, você ganha o amor da sua vida.

– E o que você escreveria nessa carta?

– Eu já escrevi.

Lígia arregalou os olhos.

– Menina, você é foda!

Sacou a carta da manga, literalmente, e entregou-a para Ligia, que tratou de ler imediatamente. Catarina acertou em cheio, a moça era apaixonada por Tobias. Dizia a carta:

> Tobias,
>
> *Às vezes, a vida coloca o amor na frente dos nossos olhos, mas estamos cegos demais para enxergar. Você passa quase todo o tempo dirigindo o carro para as freiras e os professores, mas nem imagina que alguém adoraria caminhar de mãos dadas com você, sem pressa, como se o tempo parasse e o coração acelerasse.*

No fundo, você sabe quem te manda este bilhete. Mas, para ter certeza, vai ter que ouvir seu coração, abrir os olhos e seguir a intuição.

Vou dar uma dica: nosso amor seria proibido no colégio, mas o mundo além dos muros é tão grande quanto o que sinto. Basta você me levar até lá...

Ass.: sua admiradora secreta, que só depende de você para ser revelada.

Ligia leu duas vezes e olhou para Catarina, com os olhos marejados.

— Você é abusada, menina. Porém admito que colocou no papel exatamente o que eu sinto. Como descobriu que eu gosto do Tobias?

— Só não vê quem é cego. No caso, ele.

— Eu topo. Se alguém me perguntar da cópia mimeografada da prova, vou negar até a morte, ainda que me torturem.

Catarina sorriu antes de responder.

— Não é para tanto, fique tranquila. Copie a carta com a sua letra e me entregue.

Assim fez Ligia. Enquanto isso, Leopoldina, Aurora e Laís foram até Tobias.

— Tobias, a madre superiora está chamando você no refeitório.

Naquele horário, o refeitório não servia alimento. Tobias estranhou a convocação, mas agradeceu e seguiu para lá. Abriu a porta e o refeitório estava vazio.

– Madre?

Silêncio total.

– Madre, a senhora está aqui?

Súbito, Catarina saiu de onde estava escondida e veio em sua direção.

– Menina, se você me chamou aqui pensando em coisa errada, vou logo avisando que não mexo com aluna e, além disso, você é menor de idade.

– Deixe de ser idiota, Tobias. Você não faz o meu tipo, mas trago uma mensagem de alguém que gosta muito de você.

Estendendo a mão, Catarina entregou o bilhete, que Tobias leu com atenção.

– Quem é?

Ela respondeu cheia de sarcasmo.

– Aí é que está. Se a pessoa assinou como admiradora secreta, significa que você é quem precisa descobrir, em vez de eu te dizer, né, tonto?

– Me dá uma dica.

– Vou fazer melhor do que isso. Com a sua letra, copie essa resposta, se for do seu agrado.

Minha admiradora secreta,

Não faço ideia do que você enxergou neste humilde motorista desprovido de beleza, mas as suas palavras ecoaram em meu peito. Agora, resta o desafio de saber quem tu és. Aceito e faço uma ousada proposta. No domingo, eu não trabalho e imagino que você também não. No centro de Olímpia, tem uma sorveteria em frente à praça da matriz. Estarei lá às 15h. Quiçá, terei a felicidade de encontrá-la. Não sei como conseguirei conciliar o sono até lá, mas estou consolado pela esperança de vê-la.

Seu igualmente admirador. Porém, declarado.

Dois dias antes da prova, Aurora, Catarina, Leopoldina e Laís estavam juntas, escondidas, estudando a prova que seria aplicada no dia posterior. Cada uma delas tirou nota 10, para espanto do professor Amauri, que desconfiou, dias depois.

— O quarteto inseparável tirou nota 10. Eu poderia até dizer que colaram, mas no dia da prova fiz questão de posicionar vocês sentadas longe uma da outra. O que será que fizeram?

Leopoldina, a louca, respondeu pelo grupo, com toda lucidez.

— Estudamos, professor. Só isso. No lugar de perder tempo com bobagens, passamos dias e dias estudando toda a matéria do bimestre, para recuperar a nossa nota.

— Sei. – respondeu o professor, levemente desconfiado.

Como nada tinha contra elas, o jeito foi reconhecer a nota 10 que salvou a média das meninas.

Dizem que o bater de asas de uma simples borboleta poderia colaborar para provocar um tufão em outra parte do mundo. Se é verdade, os cientistas um dia poderão confirmar. Mas, falando de ação e reação numa medida mais mensurável, dois anos depois, Tobias e Ligia se casaram e tiveram dois filhos.

O primogênito do casal Tobias e Ligia recebeu um sobrenome extra, Calalero, e quando as pessoas perguntavam o porquê de agregar mais um sobrenome ao das famílias de Tobias e Ligia, eles respondiam com todo carinho.

– Quatro meninas, sem querer, selaram nossa relação. O "ca" é de Catarina, o "la" é de Laís, o "le" é de Leopoldina e o "ro", de Aurora. Por causa de uma nota, as meninas nos uniram.

João Calalero, em idade adulta, procurou Catarina, com os dois bilhetes em mãos, escritos por ela, e mostrou, fazendo os seus olhos marejarem.

Disse João o que foi fazer.

– Eu vim só dar um abraço e dizer que a sua procura por uma nota 10 fez da senhora uma pessoa nota 10. Muito obrigado, eu existo por sua causa!

Naquela noite, antes de dormir, Catarina conversou com o divino.

— Parece que dei uma dentro, né Deus? Ter um pouco de crédito com o senhor até que é bom porque eu sei que a toda hora apronto alguma. Quem sabe essa pequena boa ação me ajuda quando estiver bravo comigo?

ANTUNES, O TRAFICANTE QUE RESSUSCITOU

"Temer o bandido não garante a segurança, mas quem consegue entender o mundo estranho dele acaba se blindando."

Na década de 1980, Catarina e seu marido Mauricio eram donos de um grande estacionamento no centro de São Paulo, na conhecida Rua da Consolação.

Dentre os clientes, todos os perfis; de gerentes de banco a advogados, de pequenos empresários a frequentadores que faziam negócios na vizinhança.

Uns mensalistas, outros avulsos, todos gostavam daquele estacionamento. Catarina estava sempre com o seu humor ácido disponível, disparando para lá e para cá, com uma piada pronta na ponta da língua, uma observação diferente a respeito do tempo, da política, dos artistas, da sociedade em geral.

Alguns clientes até se atrasavam, batendo papo com ela, na entrada ou saída do estabelecimento. Com outros, ela até evitava conversar, embora adorasse dar uma cutucada, fazer uma provocaçãozinha.

Foi numa ensolarada manhã de quarta-feira, por exemplo, que Catarina passava por Mariazinha, uma mensalista espevitada que desfilava pela garagem com roupas decotadas demais. E tome sarcasmo:

– Bom-dia, Mariazinha. Hoje o seu time vai jogar. Lugar de bola é dentro da rede. É ou não é?

– Ah, com toda certeza. Obrigada pela torcida!

Mariazinha entrou no seu carro e Catarina pensou:

Pior do que fazer uma boa ironia é a pessoa não ter capacidade de entender.

Mais adiante, Catarina encontrou Seu João, o mais chato dos clientes. Mandou um recado sutil e ácido. O pobre do Seu João nem notou.

– Bom-dia, Seu João. Hoje é solzão garantido, hein? Mas nem pra todo mundo, que gente chata é como dia chuvoso: só melhora quando tá perto do fim. É ou não é? –e soltava sua gargalhada, entre um pigarro e outro, resultante do seu cigarro de filtro branco –o meu único viciozinho, dizia ela.

– Acho que é. – respondeu o chato seu João, que guardou o carro no estacionamento por anos sem dar um sorriso sequer.

– Aquele cara não deve ter os dentes do fundo. Gente que não sorri por nada, com certeza, esconde os dentes que não tem. É ou não é, Mauricio?

– Catarina, vamos parar de cuidar da vida dos outros? Deixe o Seu João quieto com a chatice dele. Pelo menos paga em dia.

– Pois eu prefiro gente legal que atrasa um dia ou dois.

Mauricio a olhou e resolveu abrir mão. Nunca ganhava dela nos argumentos.

– Ah, tá bom. Pega um café pra nós, por favor, vai!

– Vou pegar, só que descafeinado.

Ambos tocavam o negócio. O marido se ocupava do atendimento e a esposa, do administrativo, do financeiro e das outras questões cotidianas, mas volta e meia se revezavam nas funções.

Um dos clientes era Antunes. Ninguém sabia exatamente qual era a dele. Antunes e seus parceiros estacionavam dezenas de carros na garagem. A fofoca local é que comandava o tráfico de drogas no centro paulistano.

Catarina não fazia ideia de quão perigoso Antunes poderia ser, mas nunca teve medo de homem e nem de cara feia. Ela o encontrava muitas vezes, no entra e sai da garagem. Parecia um bicheiro, de perfume barato, roupas de questionável gosto e correntes enormes.

Numa noite, topou com ele, que estava com dois meses de aluguel atrasados de todos os carros. Não aguentou e soltou seu humor ácido.

– Tudo bem, Antunes? É uma ótima noite pra pingar, né? Acho que vai chover. E você?

– Ah, duvido muito. O céu tá cheio de estrelas, Catarina. De onde eu venho, dizem que em noite de céu estrelado não existe chuva.

Virou as costas e saiu, deixando Catarina a se perguntar:

Será que ele não entendeu a ironia, nem percebeu que eu me referia a pingar o que nos deve, ou percebeu e deu uma de João-sem-braço[1]?

Até estranhou o fato de Antunes ter respondido com uma frase inteira. Homem de poucas palavras, no máximo um bom-dia

---

[1] Expressão popular que retrata a pessoa capaz de fingir que não está entendendo, sobretudo para fugir de suas obrigações.

aqui e outro acolá, parecia constantemente sisudo, de testa franzida, como se estivesse a todo instante com algo sério a resolver ou como se esperasse alguém surpreendê-lo.

Quem sabe a polícia ou um desafeto? – refletiu outra vez Catarina.

Ela só sabia de uma coisa e chegou a dizer para Mauricio.

– O esquisito do Antunes tá com dois meses de atraso no pagamento da mensalidade e isso não vai ficar assim.

Catarina nunca levou desaforo para casa e, justiça seja feita, tampouco levou mágoa, sofrimento ou qualquer tipo de sentimento negativo. Gostava mesmo é de cutucar o comportamento das pessoas que agiam movidas por esses sentimentos, provocá-las, tirá-las do eixo.

Alguns diziam que Catarina era chata, cheia de manias. Outros se divertiam com seu jeitão franco de ser, uma espécie de "sincericídio". Ser vista sob a condição de "meio-termo", impossível. Gostavam ou detestavam. Simples assim.

Com o seu estilo divertido de dizer a verdade através de uma dissimulação bem-humorada, envolvia a todos e não se sabe de quem tenha se chateado por esse motivo. Mesmo os que eram contrários ao que ela defendia acabavam envolvidos por seu caricato charme retórico.

Há algum tempo, o tal Antunes, mensalista de sua garagem, fazia vista grossa para a dívida. Descia do carro e saía conversando com algum comparsa. Catarina, astuta, percebeu o estratagema e alertou o marido.

– Mauricio, todo dia o espertalhão do Antunes finge que está conversando com os amigos, para não ter que dar satisfação de seu atraso.

– Vamos esperar até o mês que vem. Qualquer coisa a gente cobra ele mais pra frente!

Catarina disparou um olhar de incredulidade para o marido.

– Mauricio, que história é essa de mês que vem? Se a gente ficar dois meses sem pagar o manobrista, ele não vai trabalhar. Se a gente demorar dois meses para pagar algum compromisso bancário, tome! – Catarina fez o tradicional gesto de "se ferrou" com uma mão espalmada batendo sobre a outra mão fechada – É capaz de o gerente entrar com uma ação e pedir na Justiça o confisco do nosso negócio. E tem mais: faz alguns dias, fui "curiar" e passei pelo corredor onde ficam as vagas que ele usa. Um dos carros estava com o banco sujo de uma coisa avermelhada. Vai saber se esse bandido não matou alguém e escondeu o carro do crime aqui. Credo, vamos receber o que ele deve e expulsá-lo do estacionamento. Pode deixar que amanhã cedinho eu vou resolver isso.

– Catarina, eu já ouvi falar que o cara é da pesada. Vamos esperar.

Ela nem respondeu. Tinha um plano em mente. Antunes e seus amigos chegavam pontualmente às 10h. Quando o relógio bateu 9h, Catarina telefonou para a polícia.

– É que eu tenho um estacionamento. Um dos nossos clientes tem dezenas de carros estacionados aqui, como mensalista, e faz dois meses que não paga. Estou ligando para a polícia porque acabei de fechar minha garagem. Não vou deixar sair nenhum carro e vai dar confusão!

Quando Antunes se aproximava, acompanhado de uns dez "amigos" (Catarina imaginava que eram os seus guarda-costas), quatro viaturas da polícia estavam estacionadas em frente ao estacionamento. Bem antes do contato direto, ele viu, voltou e chamou a maioria dos amigos para acompanhá-lo. Destacou só dois deles, para que fossem até lá verificar o que estava acontecendo.

– Quando a barra estiver limpa, mande um moleque nos avisar. A gente vai esperar na padaria.

Os dois homens chegaram. Altos, os mais altos que Catarina se lembrava de ter conhecido. Giraram a cabeça para lá e para cá, com o olhar sanguinário de quem queria confusão.

– Eu sei que vocês trabalham com o Antunes. Nenhum carro entra, nenhum carro sai até que ele me pague. Por isso, chamei a polícia.

Um policial veio na direção dela e ficou ao lado dos dois homens.

– Foi a senhora que abriu a ocorrência?

– Sim. O patrão desses dois não me paga há dois meses.

– Senhora, é uma desinteligência particular, não podemos fazer nada. As viaturas vieram porque a senhora disse que poderia haver tumulto e briga por aqui, mas vejo que está tudo "sem novidade".

Catarina não se daria por vencida.

– Peraí, o senhor tem uma arma, um distintivo e uma farda. O cara não me paga, eu não quero deixar ele tirar os carros e o senhor diz que não pode fazer nada? Faça alguma coisa pra nos proteger. Estes dois trabalham pra ele. – e apontou para os dois "chegados".

– Somos só funcionários da empresa, senhora!

– Caso a senhora se sinta ameaçada, pode nos acompanhar até a delegacia e fazer um boletim de ocorrência. Do contrário, inadimplência não compete à polícia. Nada podemos fazer, nada a não ser garantir a sua proteção. Esses senhores ameaçaram a senhora ou algum funcionário?

– Não. – respondeu Catarina, e continuou – Obrigado por terem vindo!

As viaturas partiram. Vinte minutos adiante, Antunes e os demais chegaram ao estacionamento.

Catarina abriu a boca para dizer algo. Antunes se adiantou e, com um sorriso no rosto, argumentou.

– Eu sei. Os meus homens adiantaram que a senhora chamou a polícia pra mim. Mas eu não guardo mágoa. Aqui está o seu dinheiro. Atrasei porque um dos nossos parceiros fez uma burrada. Não se preocupe. Ele pagou bem caro por isso.

Catarina percebeu o tom de ameaça e respondeu à altura.

– Olha aqui, Antunes. Eu não quero saber se o senhor é bandido ou não. A partir de hoje, não quero mais carro seu ou do seu pessoal por aqui. O meu marido não é de falar, mas eu sou. Tá entendendo?

O bandido a olhou dos pés à cabeça. Ela até pensou que fosse tomar uns murros.

– Calma, Catarina. Já vi que é melhor ser seu amigo do que inimigo. Não vamos mais parar nossos carros aqui e ninguém vai perturbar vocês.

– Eu também acho. Já vi que você é um cara esperto.

– Amigos? – disse ele, estendendo-lhe a mão.

– Conhecidos. – respondeu Catarina, retribuindo o aperto de mãos.

– Agora que nos acertamos, vou te mostrar uma coisa. De dentro da mala executiva que tinha em mãos, Antunes retirou uma maletinha preta menos profunda do que uma caixa de sapatos, e abriu. Colocou a caixa em cima do balcão. O fundo da caixa era escuro e não dava para ver direito o que havia no interior. Ela olhou com atenção, notou lá dentro um objeto prateado indefinido, parecia uma lanterna.

Curiosa, Catarina foi logo metendo a mão.

– Dá licença? – disse ela, e pegou com a mão direita aquele objeto brilhante, achando que fosse uma lanterna especial. Qual não foi a surpresa ao ver que, em sua mão, reluzia uma Taurus Model 82, de armação média, com calibre .38 e capacidade para seis cartuchos.

Quando viu a arma na mão dela, Antunes empalideceu.

– Catarina, pelo amor de Deus, você pode matar alguém com isso. Era só pra ver. Coloque de volta na maleta, por favor.

Ela desobedeceu e continuou empunhando a arma.

– Calma, eu só tava olhando. É que eu gosto de ver as coisas com as mãos. Você queria me intimidar, mostrando esse revólver? Eu não tenho medo de arma!

– Não, Catarina. Eu queria te presentear, por esse tempo que nos deixou guardar os carros aqui. Fique com ela, deixe a arma debaixo do balcão. Se um engraçadinho tentar te assaltar, você tá protegida.

Ela pensou por um momento, colocou a arma de volta, fechou a maleta e a entregou.

– Obrigada, não vou aceitar. Minha fé e minha língua afastam mais gente ruim do que arma!

Antunes a olhou por um bom tempo, até finalmente responder.

– Faz um tempão que tenho câmeras escondidas em seu estacionamento, para monitorar a movimentação de meus homens.

Essas câmeras ficavam naqueles carros que nunca saíam da garagem. Dia desses, vi você olhando para dentro de cada um dos nossos carros. Reparei que ficou tempo demais avaliando um Gol prata, com manchas de, é, bem, digamos, gelatina. Se você tivesse chamado a polícia por esse motivo, neste momento você e seu marido estariam mortos. Como não fez isso, pode contar com a minha proteção. Quem manda neste bairro sou eu. Ninguém vai mexer com vocês. Boa sorte em tudo!

– Ei. – chamou Catarina.– Por que me contou essas coisas?

– Porque você é gente fina!

Assim dito, foi embora e a deixou ali, refletindo. Mauricio se aproximou, preocupado.

– O que ele queria?

Catarina sabia que o marido morria de medo de bandidos e resolveu contemporizar.

– Nada. Só disse que não guardava rancor.

Antunes de fato sumiu por um bom tempo. Catarina não sabia, mas diante dela estava o maior traficante de drogas de São Paulo. Um ano se passou e Antunes foi preso. Mas só ficou menos de sessenta dias na prisão, e reapareceu no estacionamento. A plástica no rosto era notória, e vinha acompanhado por Inês, sua amante.

– Ficou bom? – perguntou para Catarina, apalpando o próprio rosto.

— Quase não te reconheci.

— Preciso de ajuda. Você é do tipo que é melhor ser amigo do que inimigo. Eu te disse isso um dia. Então, hoje você vai ser minha amiga e não vai me denunciar. Eu e Inês vamos para a sua casa agora.

Catarina fez uma cara feia e Antunes insistiu.

— Você não entendeu. Preciso de um lugar seguro e prefiro ficar escondido em sua casa. Afinal, eu disse que é melhor ter você como amiga, só esqueci de dizer o seguinte naquele dia: é melhor ter-me como amigo também.

Assim dizendo, Antunes levantou a camisa e mostrou a mesma Taurus brilhante que um dia a desavisada Catarina pegara na mão.

— Vou dar a letra: tenho dentista marcado para daqui a duas horas. Não posso ficar de bobeira na rua ou num lugar público qualquer, porque acabei de fugir. Me deixe ficar em sua casa. Quando a coisa esfriar, vou embora para a minha consulta e, de lá, desapareço. E aí, vai me ajudar por bem, como amiga, ou por mal, como inimiga? Antes de responder, lembre-se que um dia você chamou a polícia pra mim e quase me complicou. Eu não esqueço das coisas, inclusive sei onde seus filhos estudam!

Catarina pensou e topou. Quando retornaram do dentista, Catarina os levou para casa. No caminho, passaram por duas viaturas, mas Catarina fingiu que não as viu. Embora Antunes não estivesse com a arma empunhada contra ela, sabia muito bem que corria grave perigo.

O bandido cumpriu sua promessa e, mais tarde, um carro o buscou. Depois disso, Antunes sumiu em definitivo. Foram seis meses sem ter notícias do traficante, até que Inês, a amante dele, apareceu no estacionamento.

– Faz alguns meses que o Antunes sumiu. – disse sua amante.

Catarina, que não gostava de jogar de falatório à toa, devolveu do jeito que veio.

– Em primeiro lugar, bom-dia, viu? Em segundo, quem sabe voltou para a esposa?

– Bom-dia, desculpe! – respondeu Inês.

– Agora sim. O que eu tenho a ver com o sumiço daquele bandido doido?

– É que ele dizia que você era gente fina, parceirona. Então, achei que talvez tivesse te procurado, ou quem sabe enviado algum recado pra mim.

– E eu lá sou parceira de bandido, alcoviteira ou menina de recados? Cada uma, Inês. Se eu fosse você, arranjava alguém melhor, viu? Vai acabar presa andando com aquele lá, que ainda por cima é casado.

A amante de Antunes começou a chorar e disse:

— Acho que morreu, Catarina. Um comparsa dele me disse que, na semana passada, Antunes foi até a Bahia e, numa festa, num forrozão, se engraçou com a mulher de um fazendeiro. Parece que foi enterrado por lá mesmo, como indigente. Segundo o comparsa, tomou tanto tiro que ficou irreconhecível.

Ela se comoveu, mas não amoleceu, nem pegou leve.

— Ô menina, não gosto de ver ninguém chorando. Vou te falar duas coisas. Primeiro, aposto que é mentira que ele morreu. O bicho é safo. Deve ter colocado algum cadáver no lugar dele e se fingido de morto. Segundo, você disse "irreconhecível". Isso quer dizer que conhece palavras com mais de quatro sílabas, que é inteligente e culta demais para ser mulher de bandido. E terceiro, cai fora dessa vida e vai arrumar um emprego. O começo do destino de toda mulher de bandido é no tanque, lavando cueca suja de malandro. O meio é visitar o sujeito toda semana, depois que é preso. E o fim desse destino é bem óbvio: o bandido embucha três, quatro filhos na mulher, morre na cadeia e a besta fica aqui, sem um puto no bolso porque o fruto dos roubos ficou com os advogados, e ainda por cima, responsável por alimentar essas bocas, rezando para que as crianças não sigam o destino do pai, quando crescerem. Ah, toma vergonha, Inês. Você é nova, bonitona, inteligente. Vá arranjar um emprego, um namorado decente, porra!

Inês olhava para Catarina com os olhos arregalados. Após o longo sermão, conseguiu responder.

— Caraca, agora vi porque o Antunes te achava gente fina. Ele curtia gente que tem coragem de falar as coisas, doa a quem doer.

Sem esperar pela resposta, Inês foi embora e Catarina ficou refletindo se teria sido dura demais com a moça. E pensou:

— Ah, quero mais é que se foda. Não foi se envolver com bandido? Então que escute! — e deu a sua típica gargalhada debochada, pigarreando uma ou duas vezes no meio do riso, como sempre, resultado do cigarro, que Catarina fumava quase dois maços por dia.

Alguns meses se foram e a imprensa noticiou a trama de Antunes. Era tudo mentira. O tal fazendeiro, um ator. A tal vítima de assassinato enterrada como se fosse Antunes, na realidade, um desafeto que o bandido matou para enterrar em seu lugar e ser dado como morto. No entanto, deu azar e foi traído pela documentação.

Antunes foi providenciar um documento de identidade na Bahia, a partir de um falso registro de nascimento, e pimba; ao colocar as digitais, a polícia descobriu que "o morto não só estava vivo, como procurava um novo documento". A imprensa noticiou.

TRAFICANTE SIMULA A PRÓPRIA MORTE E MATA RIVAL, QUE FOI ENTERRADO EM SEU LUGAR

Não que tivesse nada de engraçado na prisão de um assassino, mas um vídeo foi registrado pelo policial baiano, ao dar voz de prisão para o bandido, e a notícia alcançou milhões de telespectadores em poucos dias, pelo inusitado da situação. No vídeo, dizia o policial:

— Seu Diogo Antunes Macedo, febre tifo, teje preso pelo milagre da ressuscitação que não é de vera. Tá achando que é Jesus Cristo, seu féla?

Dentre os comentários que a imprensa destacou, um deles estava em maior destaque.

Sou nordestino e vou traduzir o que o policial quis dizer no dialeto local:

"Senhor Diogo Antunes Macedo, portador de febre tifoide, esteja preso pelo milagre da ressuscitação que não é verdadeiro. Tá achando que é Jesus Cristo, seu filho da puta?"

Muita gente se divertiu com a reportagem. Mas quem não ficou nada feliz foi Inês, que procurou Catarina outra vez. Em suas mãos, um arranjo de orquídeas.

– Catarina, passei aqui pra trazer essas flores. Obrigada por ter aberto os meus olhos. Consegui um emprego bem legal, só falta o namorado que você sugeriu.

– Ah, não tenha pressa. Como é bom saber que você acordou, menina. Vem comigo, vou te pagar um almoço.

E virando-se para Mauricio, seu marido que estava do outro lado da garagem, Catarina gritou:

– Mauricio, assume aí e se vira. Vou almoçar com a minha amiga!

De onde estava, Mauricio fez um gesto de reclamação e Catarina fingiu que nem viu. Deu de costas e virou-se para Inês.

– Viu? Homem a gente trata assim, respeita, mas impõe respeito. Quem manda é a gente!

Inês sorriu, com Catarina almoçou, e depois sumiu.

Seis meses avançaram e a imprensa noticiou a morte de Antunes (desta vez, a morte verdadeira). Como o destino tem uma característica faceta irônica, o irmão do desafeto morto por Antunes na Bahia acabou preso e transferido para o mesmo presídio. Segundo o código da bandidagem, quem mata o seu irmão pode ser morto pelas suas mãos.

Cinco anos mais tarde, Catarina voltava das compras com frutas, legumes e verduras em duas pesadas sacolas. Adorava ir pessoalmente até a feira popular, escolher tudo. O seu jeitão, o seu humor ácido, era o mesmo até naquele espaço. Passou pela barraca de frutas e lá estava Paulão, seu fornecedor semanal de frutas.

– Paulão, tira a mão da banana, menino!

Os feirantes já conheciam Catarina e todos deram risada, tiraram onda com o Paulão. De repente, ela escutou uma voz familiar atrás de si.

– Posso te ajudar a carregar as sacolas pesadas?

Olhou para ver quem a chamava e deu de cara com Inês, acompanhada de um rapaz tatuado, com cara de poucos amigos. Catarina sorriu e, curiosa, quis saber.

– O que faz aqui, Inês?

Trocaram um abraço e o homem ficou esperando de lado, enquanto ambas conversavam. Inês explicou.

— Eu moro a algumas quadras daqui.

— Nossa, que legal, nesse bairro nobre? Olha que beleza! – disse Catarina, toda orgulhosa.

— Você não acreditaria. Depois do dia que almocei com você, cheguei em casa e um bilhete com a letra de Antunes estava no portão. Dizia para olhar debaixo da cama. Fui até lá e descobri que ele deixou meio milhão de reais para mim. Talvez soubesse que poderia morrer e não quisesse me deixar na mão.

— Ai, menina. Não sei nem o que te falar. E esse aí, quem é?

Inês enrubesceu, Catarina percebeu e respondeu.

— Já até imagino...

Inês cochichou.

— Vou abrir o jogo. Não consegui me livrar da bandidagem. Aquele ali é o meu marido. Assumiu o tráfico de drogas do centro de São Paulo, no lugar do Antunes.

— Menina maluca, você não tem jeito. Lembre-se daquelas fases de início, meio e fim, hein?

Ela estendeu os braços, como a perguntar "fazer o quê". Trocaram um abraço e se despediram. Inês se ofereceu para ajudar com as sacolas. Catarina declinou e mandou um pouco mais de seu humor ácido.

— Pode deixar, ainda tenho umas coisinhas a comprar.

Felicidades a você e boa sorte na roleta-russa que é essa vida de meu Deus. É ou não é?

Inês concordou, deu a mão para o marido e foi andando. Catarina olhou a cena e pensou:

"Além de não entender meu sarcasmo, ainda volta a se envolver com bandido. Como pode?" – foi a pergunta de Paulão que a tirou do pensamento.

– Dona Catarina, eu sei que a senhora é de Catanduva. Mas será que hoje vai levar pra casa dois quilos de uva?

Catarina nunca se negava a uma disputa de rimas e emendou.

– Depende. Se a uva for miúda e muito cara, compro uma muda e planto em casa!

– Ôrra, Paulão, responde essa! – diziam os amigos da barraca.

– Aí apertou. Eu só tinha gravado uma rima. Semana que vem eu ganho dela!

Catarina considerava os feirantes bons amigos de vizinhança e como a sua casa ficava na mesma rua da feira, chegava a permitir que esquentassem as marmitas e fizessem café em sua cozinha.

Assim que deixou a barraca de Paulão, voltou a refletir a respeito de Inês.

Que judiação. Uma moça tão jovem e bonita!

A vida do crime é mesmo bem ingrata e previsível. Três anos depois, Catarina abriu o jornal e encontrou uma matéria que doeu na alma.

REI E RAINHA DO TRÁFICO DE DROGAS NO CENTRO DE SÃO PAULO SÃO MORTOS EM CONFRONTO COM A POLÍCIA MILITAR

Ao ler detalhes da matéria, Catarina se deparou com outro trecho: "Os dois deixaram três filhos pequenos, que ficarão sob os cuidados do Estado. Como não se tem notícias de parentes, em um segundo momento serão encaminhados à adoção".

Foi com tristeza que ela disse, meio pensando, meio em voz alta:

– *Eu quase consegui colocar essa menina num bom caminho.*

– O que você disse, Catarina? –quis saber Mauricio, o marido, que estava por ali.

– Nada. Eu disse que nesta noite dormi pouquinho.

Preferiu lamentar sozinha. Mauricio não entenderia os seus esforços para orientar uma completa desconhecida que sentia atração por criminosos.

Essa é Catarina. Amada por muitos, odiada por poucos. Uma mulher que decidiu viver à frente de seu tempo e contrariar as regras sociais. Nunca quis estar certa ou ter razão, mas adorava resolver problemas de um jeito que uns aprovam, alguns riem, outros repudiam. Embora convivesse entre a fina flor da sociedade, a infância humilde a fez olhar para o ser humano como semelhante. Sim, digam o que desejarem de Catarina, mas ninguém poderia dizer que deixou de estender a mão a quem precisasse.

Catarina é do tipo que abre a carteira e paga pelo socorro de uma vítima do próprio bolso, se preciso for, mas isso é para outros contos. Não nos apressemos em conhecer as peripécias de uma mulher tão diferente em tudo, por todos os motivos. Ao contrário, nos inspiremos por suas qualidades e loucuras, pois assim é o ser humano feliz: meio nobre, meio louco. Naquela noite, como de hábito, ela conversou com Deus. Sentia-se destroçada por não ter conseguido salvar a moça.

– Deus, talvez eu tenha feito pouco. Deveria ter convencido Inês a procurar outra vida com maior empenho. Veja só como são as coisas: de repente, ela não aceitou mudar de vida e perdeu a própria vida. Onde essa moça estiver, peço que a ampare, Deus!

Mesmo ciente de que não tinha o poder de mudar todo mundo, acendeu uma vela para iluminar os caminhos de Inês, e dormiu, frustrada e chateada.

KALEB E A HERANÇA

"A tese de que os fins justificam os meios, cedo ou tarde, a depender da posição que assume diante dos acontecimentos, há de fazer cada ser humano concordar com ela."

Era primavera em São Paulo, época do ano em que a selva de pedra onde Catarina vivia ganhava, digamos assim, ares mais poéticos, pois o centro da metrópole ficava mais verdejante, viçoso e florido.

Quem tem um pouco mais de idade, como Catarina, bem sabe que a florada de setembro acaba trazendo um "não sei quê" nostálgico, fragmento das memórias de quem conheceu Sampa ainda sem asfalto, bem mais horizontal, com poucos prédios, arborizada e colorida.

Sim, é justo que se diga. O centro de São Paulo nas décadas que precederam o progresso não era, assim, um convite prazeroso sob o ponto de vista olfativo. Todos sabiam que o incipiente saneamento básico era o responsável por uma cidade malcheirosa. Mesmo assim, Sampa preservava suas belezas compensadoras.

A velha mania de ajudar colocaria nossa Catarina em situações embaraçosas e perigosas, como um dia aconteceu com Antunes, o traficante. Desta vez, outra enrascada a ajudava, disfarçada de necessidade altruísta.

Francisca, velha conhecida de Catarina, recorreu a ela. A Chica – para os íntimos – era casada com Kaleb, sujeito que embora não fosse exatamente rico, tinha suas posses. Chica tocou o interfone e trouxe o seu dilema, numa manhã de segunda-feira.

– Catarina, tô numa enrascada. Kaleb tá doente, prestes a morrer.

– Ô, Chica. Força aí, mulher. Essas coisas se resolvem. Quem sabe ele se cura?

– Cura nada, Catarina. É câncer terminal. Tô conformada. Essa parte do sentimento tá superada, não tenho o que fazer. O meu problema é outro. Não somos casados no papel e se bem conheço a família do Kaleb, aquele povo vai caçar um jeito de me deixar com uma mão na frente e outra, atrás.

– Mas a lei te garante os direitos de esposa, ué.

– Garante nada. Kaleb nasceu e vai morrer sovina. Não quis formalizar o casamento comigo, vivia dizendo que casar é coisa de gente que pretende dividir tudo o que conquistou. Quando eu alegava que, se não casássemos, a família dele herdaria suas casinhas de aluguel, ele respondia "deixo para a caridade, mas não deixo para eles". Então, eu perguntava de mim, se ele me deixaria sem nada. Sabe o que Kaleb respondia?

– Não faço a menor ideia.

– Respondia "na minha família, as pessoas passam dos 100 anos e vou morrer bem depois de você, pode ficar sossegada". Agora, isso. Kaleb nas últimas, eu aqui, sem um documento que comprove nossos oito anos morando juntos, porque Kaleb fazia questão de deixar tudo em nome dele. O que eu faço, Catarina?

– Ué, sei lá. Vocês são foda, acham que eu tenho solução pra tudo que é esquisito neste mundo? Em vez de ficar caçando jeito de levar algum dinheiro dessa relação, você não deveria estar no hospital rezando?

– Catarinaaaaaaaaaa, você não entendeu. O homem não volta mais da UTI. O médico me disse que ele não tem mais do que uma se-ma-na de vida. Passei os últimos dois meses ao lado dele, no hospital, dormindo e acompanhando tudo. Não apareceu um filho da puta da família pra visitar Kaleb. Mas garanto: assim que ele for para a cidade dos pés juntos, vai aparecer parente até da Líbia, em busca das casinhas dele.

– Quantas casinhas são?

Chica olhou para o alto, como a fazer uma conta mental.

– Olha, Catarina, são umas doze ou quinze e nem todas são casinhas. É um belo pé-de-meia. Me dá uma solução, que te dou uma comissão do que eu conseguir herdar. Só não quero que aqueles urubus levem o patrimônio suado do Kaleb.

– Eu não quero nada disso. Tá louca?

– Então me ajuda. Você é inteligente, sabe resolver as coisas. O que devo fazer, Catarina?

Ela fez um gesto com a mão, pedindo que Francisca esperasse, enquanto pensava. Após alguns segundos, sugeriu algo.

– Vamos procurar um bom advogado.

– Não dá, Catarina. Não temos tempo pra judicializar a situação. Preciso resolver isso pra ontem.

— Então vá pra sua casa e me espere. Vou matutar sozinha, porque você martelando na minha cabeça, não consigo pensar em nada.

Quer a pessoa gostasse dela ou não, Catarina era assim. Caso soubesse a solução de um imbróglio, colocava nas mãos de quem precisasse, e do contrário, não tinha vergonha de dizer que precisava pensar. Chica aceitou, agradeceu, partiu e ficou esperando que a amiga tivesse uma solução, quem sabe um milagre. Quando saiu, Catarina não evitou um pensamento.

Se ela estivesse usurpando, não ajudaria, mas a causa parece tão justa...

Sentada em seu sofá dos anos 1960, cigarro entre os dedos, magérrima e vestida como se o tempo tivesse parado, Catarina baforava e pensava. Por um instante, fechou os olhos e começou a imaginar a situação. Viu-se no dia seguinte, consultando uma advogada e um tabelião. Em sua imaginação fértil, foi possível conceber qual seria a unânime opinião. Nem um, nem outro concordaria com um casamento em que o noivo estivesse inconsciente, acamado e entubado num hospital. Isso não teria validade jurídica em nenhum lugar do mundo.

Bernadete, a empregada, passou pela sala e viu Catarina cochilando. Repetindo o gesto que já fizera tantas vezes, tirou o cigarro da mão da patroa e o apagou no cinzeiro, antes que Catarina se queimasse ou ateasse fogo no casarão que insistia em manter-se na selva de pedras, a despeito das torres que verticalizaram o bairro de Higienópolis.

Trinta minutos depois, Catarina despertou, com o que chamou de "plano B" cravado na mente. Trocou de roupa, avisou que ia sair e partiu para a igreja.

– Padre, o senhor precisa realizar um casamento no hospital. O marido tá nas últimas e a mulher vai ficar na rua da amargura. Os bens do marido vão ficar para a família, que nem fala com o enfermo. Para o senhor ter uma ideia, ele tá internado há dois meses e a única visita que recebe é da esposa. Mas quando morrer, o senhor já viu, né, vai aparecer herdeiro até no inferno.

– Que termos são esses dentro da paróquia, Catarina?

– Desculpe, padre. Escapou. Mas não muda o fato de que o senhor precisa realizar o casamento ainda hoje.

– Eu tenho missa marcada.

– Passe adiante, peça para o diácono. O caso é de vida ou morte, mais morte do que vida.

– Como está o paciente?

– Na UTI.

– Catarina, você só pode ter ficado maluca. Como vou casar alguém nas últimas? Você tá confundindo os sacramentos. Nesse caso, se ele morrer, é a extrema-unção que se usa.

– Padre, quando o senhor perguntar se ele aceita, eu balanço a cabeça dele assim, ó!

Catarina fez o gesto da mão balançando no ar, como se estivesse segurando a cabeça de Kaleb. O padre parecia não acreditar no que estava escutando.

– Não faço de jeito nenhum.

– Padre, um dos homens mais católicos que o senhor já viu na igreja é Kaleb. Hoje ele tá acamado, mas antes de ficar doente, dizia a todos que lamentava não ter se casado com Francisca. Tenho até testemunha que pode confirmar a vontade dele. Ouvi dizer que se tudo der certo, a viúva pretende fazer um donativo gordo para a igreja, coisa de cinco dígitos. Mas como ela poderia doar alguma coisa à paróquia, se nada terá para herdar?

O padre olhou para Catarina, desta vez mais atencioso. Pensou um pouco.

– Eu confio em você. Não precisa trazer testemunha. Se era a vontade do enfermo, eu realizo o casamento.

No táxi, mais tarde, a caminho da igreja onde buscariam o padre, Catarina contou para Francisca como convenceu o sacerdote, e o questionamento foi inevitável.

– Mas, Catarina. Eu não tenho nenhuma testemunha de que Kaleb quisesse formalizar o casamento comigo.

– Tem sim, eu já vi Kaleb afirmar que precisava se casar com você e cale essa boca, não repita isso na frente do padre, senão ele vai amarelar. E tem mais: depois que sair a herança, você por favor faça um cheque bem gordo para ajudar na reforma da igreja, que tá mesmo precisando. Uma hora dessas o teto cai sobre a nossa cabeça.

Foi assim que, naquela primavera dos anos 1980, Francisca e Kaleb, na UTI, se tornaram marido e mulher aos olhos da Igreja, porém a história estava longe de chegar ao fim.

Pela lei do consulado libanês daqueles tempos, o próximo passo exigia que a certificação religiosa do casamento deveria ser reconhecida por um juiz e, por sua vez, o juiz responsável exigiu dez testemunhas para que pudesse confirmar o casamento ao consulado da Líbia, já que uma das partes estava hospitalizada.

Francisca foi logo desistindo e Catarina desabafou.

— Agora é que fodeu tudo de verdade. É um caralho de asas mesmo, é o elefante tentando equilibrar pratos, é o azar comendo a sorte, é a gente em cana por fraude. Mas tenhamos calma, Francisca, deixe-me pensar. Espere aí.

Foi então que Catarina recrutou um time de testemunhas. O dono do supermercado que Francisca e Kaleb frequentavam, o chaveiro que os conhecia, o carteiro que os via juntos durante as entregas, o mecânico que consertava o carro de Kaleb, o padeiro que reclamava da avareza e se lembrava do cliente que levava as moedas exatamente contadas ao preço dos pães, o encanador que desentupiu a casa deles, uma prima de Kaleb que não saía da casa deles, a vizinha que vendia perfumes para Francisca, a costureira que remendava as roupas de Kaleb e Francisca (Kaleb só comprava roupas novas quando os remendos não dessem mais conta dos buracos) e, a décima testemunha, ela própria, Catarina, que deixou bem claro para o juiz:

— Meritíssimo, nunca vi um casal mais unido do que esses dois. Kaleb vivia dizendo que errou muito nessa vida, mas que o erro maior foi não ter oficializado a relação com Francisca. Agora, acho que o certo seria fazer a última vontade do enfermo, não é?

Kaleb e Francisca foram oficialmente considerados marido e mulher, desta vez aos olhos da igreja, das autoridades do Poder Judiciário e do consulado libanês. Porém, Catarina foi bem clara com Francisca.

— Olha, você trate de esquecer o que fizemos, viu? Não vá sair por aí, contando. É um segredo que devemos levar para o túmulo, porque de uma vez só eu cometi o pecado de mentir para a igreja e o perjúrio de mentir para o Poder Judiciário. Ande na linha, viu? Ou eu peço para o padre nos excomungar e peço para o juiz nos prender.

— Catarina, você é a mulher mais louca que conheci em toda a minha vida, mas sou sua fã.

A vida seguiu o seu curso, Francisca conseguiu o direito aos bens do marido, que ainda viveu quatro meses antes de partir. Catarina deu uma derradeira instrução para Francisca.

— Olha, lembre-se de doar um bom dinheiro para a paróquia. E, se um dia alguém perguntar, negue tudo, viu? Já pensou? Você consegue as suas coisas e eu acabo presa só pela boa intenção de ajudar?

– Fica tranquila, Catarina. Esse segredo a gente não revela pra ninguém. Olha só, eu anoto tudo o que faço num diário, tanto as coisas das quais me orgulho, quanto as que me envergonham. E se um dia alguém achar essas minhas anotações e escrever um livro sobre essas coisas todas?

– Aí seria o cúmulo da burrice, né, Francisca? Você me pede ajuda, eu faço um monte de coisa errada pra ajudar e você vai deixar uma prova escrita dos malfeitos? Até pra ser burra tem limite, né?

– Antes de morrer, eu queimo tudo, pode ficar tranquila!

A verdade é que Catarina nunca ficou tranquila sobre aquela situação. Quatro anos depois, a campainha de Catarina tocou. Era a polícia.

Fui ajudar e me lasquei. Agora, vou ser indiciada. – pensou.

Não se tratava disso. Francisca falecera e o único endereço que encontraram na agenda da morta constava na letra "C", Catarina, razão pela qual a polícia estava ali, para solicitar um reconhecimento de corpo, pois não encontraram a família dela e a única descendente era uma filha, o que causou estranheza à Catarina.

– A senhora declara que conhece a falecida?

– Sim, uma conhecida das antigas.

Filha? Ela não tinha nenhuma criança. – pensou Catarina, enquanto seguia com os policiais rumo ao IML, para fazer o reconhecimento do corpo de Francisca, que enfartara.

Catarina assumiu os trâmites burocráticos, pagou do próprio bolso todo o rito fúnebre e ajudou a conhecida a descansar em paz. No fim, ironia das ironias, todo o esforço para não perder os bens do marido falecido parecia ter um objetivo final, a filha de Francisca, uma garotinha de quatro anos, chamada Marcela, que Catarina conheceu no IML. A garotinha estava ao lado da assistente social.

– A senhora se chama Catarina? – quis saber a assistente social.

– Sim.

A assistente social a olhou com atenção, antes de falar.

– É que essa menina tinha uma carta no bolso secreto de seu ursinho de pelúcia, lacrada e endereçada a você.

Virando-se para a menina Marcela, a assistente social a autorizou.

– Pode entregar para ela.

Marcela, uma fofura, estava com o rostinho entristecido.

– Aqui está, tia Catarina. Antes de ir morar no céu, minha mãe disse que eu deveria entregar esse papel só para a senhora.

O policial se aproximou nesse momento, chamou Catarina ao canto e fez uma pergunta.

— Saberia dizer se a garotinha tem parentes vivos ou se devemos incluí-la no cadastro para adoção?

— Não faço a mínima ideia. Mas deixe-me ler a tal carta. Quem sabe tem alguma informação...

A assistente social e o policial deram espaço para Catarina ler. No envelope, constava: "Para Catarina, a única e verdadeira amiga que tive em vida".

Sem demora, rasgou o envelope e passou a ler a carta que estava entre os seus dedos.

Catarina, minha amiga.

Se está lendo essa carta, significa que não estou mais viva, pois desde que Marcela começou a falar, eu a ensinei a guardar o papel a todo custo, e que só entregasse a você, caso sua mamãe virasse uma estrelinha.

Infelizmente, adoeci, descobri um problema grave no coração e não sei quanto tempo de vida tenho. Obrigada por tudo o que você fez. Naqueles dias que me ajudou com os bens de Kaleb, eu estava grávida, carregando um filho que não era dele, mas quem precisaria saber, não é mesmo? E mais ainda, minha amiga, quem poderia me julgar? Tanto tempo cuidando de Kaleb enfermo, me deixou carente. Conheci o pai de Marcela e o resto da história é essa menina linda que está diante de você. Preciso de um último favor.

Abaixo, relaciono os imóveis que herdei de Kaleb, para que Marcela possa ter um futuro confortável. No fim da carta, consta o nome de uma tia minha, que vive humildemente no Rio Grande do Sul, em Santa Maria. É de minha vontade que essa tia administre o patrimônio de Marcela enquanto a garota for menor de idade, com o direito de vender, no máximo, dois dos dezesseis imóveis disponíveis (pode ser os de maior valor), para que a minha tia e Marcela possam viver confortavelmente. A partir da maioridade de Marcela, esses bens ficam sob responsabilidade da própria Marcela. Faço dessa maneira para evitar que a minha única filha venha a parar numa instituição e acabe adotada. Se eu pequei, Marcela não tem culpa. Ao contrário, é filha de um grande amor.

Mais uma vez, obrigada por toda ajuda, você é um anjo!

Com amor,

Francisca.

Após ler, Catarina verificou que Francisca tomara o cuidado de reconhecer o documento em cartório, para que tivesse valor de testamento.

Olhou para a pequena Marcela, uma lindeza de criança. Chamou a assistente social e selou o destino de Marcela.

— Essa menina não será adotada. Aqui está um documento reconhecido que a conecta à família da mãe que morreu.

Assim foi feito. Marcela passou a morar em Santa Maria, no Rio Grande do Sul. A própria Catarina a levou, acompanhada da assistente social, para entregá-la aos cuidados da tia, que ficaria responsável pela garota e pelos bens.

Catarina não teria como saber disso, mas a pequena Marcela cresceria, cursaria Medicina e, um dia, seria chefe da equipe médica que faria uma complicada cirurgia e salvaria a vida de um familiar de Catarina, como se uma espécie de efeito borboleta conectasse as duas.

Ali, naqueles idos, trinta anos antes de saber como se daria o futuro de Marcela e antes de sequer imaginar que essa cirurgia seria necessária, Catarina voltou do Rio Grande do Sul, feliz por ajudar a amiga em seu último desejo. Sentada em seu sofá dos anos 1960 com o habitual cigarro entre os dedos magros, Catarina pensou em toda a situação. E rezou.

Como é a vida, meu Deus...

Fiz tudo errado em nome do que julguei certo e, no fim, o certo definitivo se mostrou bem maior do que o errado temporário.

Com um sorriso no rosto, Bernadete passou pela sala assim que Catarina dormiu, atenta que estava com as recomendações prévias do filho de Catarina, também médico, antes de sua contratação:

– Olha só, além das suas tarefas, vou pedir para a senhora ficar de olho em minha mãe, quando ela fumar na sala. O hábito de cochilar com o cigarro na mão pode ser um perigo!

Bernadete apagou o cigarro, e pensou:

O filho de dona Catarina estava mais do que certo. Cigarro na mão de idosos é como fogo na mão de criança.

Apagou o cigarro e, antes de voltar aos afazeres, olhou para o rosto de Catarina, constatando um sorriso do tipo "dever cumprido" em seu semblante, sem ter a menor ideia do motivo que fazia a patroa feliz naquela tarde em que uma chuvinha fina e chata caía, insistente, fazendo jus à fama de terra da garoa...

CUIDADO COM AS CURVAS DA VIDA.

"Na vida, às vezes só conseguimos descobrir curvas sinuosas e perigosas depois que entramos com o carro, ou seja, as ações e decisões, em alta velocidade."

Catarina estudava porque precisava, mas se perguntasse o quanto gostava, a resposta estava pronta.

— A gente precisa, né? Não se usa 10% do que se aprende, mas é a regra social, fazer o quê?

Não significa, entretanto, que Catarina não fosse inteligente. Suas perguntas e respostas intrigavam ou constrangiam os professores. Naquele tempo, década de 1930, em um colégio de educação religiosa, estudava-se a disciplina Filosofia com a mesma naturalidade que se estuda Matemática e Português.

O professor Virgílio abriu uma chamada oral à classe e pediu que cada aluna relatasse, em pé e de voz alta para todas ouvirem, um resumo do que entenderam a respeito de um texto solicitado, que abordava o famoso mito da caverna, alegoria de Platão que visava convidar o leitor a pensar por que homens encavernados e acostumados às sombras temiam e resistiam a conhecer a luz, uma vez que tiveram essa oportunidade.

Quando chegou a vez de Catarina, ela não aliviou.

— Professor, desculpe a sinceridade, mas era um bando de idiotas. Se a escuridão representava a ignorância, a luz e o conhecimento estavam do outro lado e o medo se posicionava no meio das duas opções, era só enfrentar as sombras e deixar a caverna sem frescura, de uma vez, do jeito que entramos debaixo de água fria. É como sempre digo, se quer crescer na vida e tá com medo, vá com medo mesmo, em vez de ficar travado, porque gente travada é tão chata que nos faz discutir sua covardia filosófica desde 380 a.C. até hoje. Não é um saco, professor?

– Vou te dar uma nota 6 pela maneira vulgar de apresentar o que pensa. Se tivesse melhores modos, sua visão a respeito do mito renderia uma nota 10.

Catarina levantou os braços com as palmas das mãos viradas para cima, como se perguntasse: *o que eu falei de mais?*

Há de se considerar que a vivência de Catarina e das amigas Leopoldina, Aurora e Laís deu-se na década 1930, época em que qualquer vírgula fora do lugar por parte das meninas era considerada vulgar, desinteressante.

No mês seguinte, chegava a vez da professora Esmeralda, que aplicou a temível prova de Ciências. Catarina detestava a matéria e não estudou uma vírgula que fosse. A professora Esmeralda foi bem clara.

– Meninas, não quero um pio durante a prova.

Catarina cochichou com a amiga Leopoldina, a louca, que sentava ao lado.

– Que história é essa de nenhum pio? Por acaso somos galinhas?

Leopoldina tentou segurar a vontade de rir e virou aquele grito abafado de quem tenta travar uma gargalhada. Esmeralda, é claro, escutou.

– Leopoldina e Catarina provavelmente estudaram bastante e estão achando a situação divertida. Vou avisando: a prova é objetiva, só tem quatro questões não dissertativas.

Vocês vão escolher entre A, B, C, D ou nenhuma das alternativas. Não adianta tentarem o chute porque as respostas são próximas e tem pegadinha nas perguntas. Boa sorte a todas, inclusive para as duas engraçadinhas. Vocês podem falar para a classe se estavam rindo de mim ou da prova?

Leopoldina respondeu, procurando aliviar para a amiga.

– Professora, quem riu fui eu. Catarina tava quieta. É que me lembrei de uma coisa engraçada, só isso, me desculpe!

Esmeralda chegou bem perto de Catarina.

– Eu não sei que feitiço é esse, Catarina. Todas as meninas vivem te defendendo e percebo que você vai só escapando. Uma hora dessas, se fizer algo errado, pisar só um pouquinho fora da linha, pode ter certeza que vou chamar sua mãe aqui.

Catarina abriu a boca para responder. A um gesto de Esmeralda com o dedo indicador na boca, ficou em silêncio. Voltando-se para toda a sala, a professora decretou o destino daquela tarde.

– Muito bem, meninas. A partir de agora, é silêncio total. Pensem bem nas respostas porque valem dois pontos extras para a média do bimestre. Vou distribuir as provas.

Catarina leu as perguntas, releu e não tinha a menor ideia do que escolher. Efetivamente, as respostas eram bem próximas e todas pareciam corretas. Cinco minutos se passaram e não havia decidido o que chutar.

Aleixa, uma garota que ninguém suportava, acabou a sua prova dez minutos depois e se levantou para entregá-la. Ao passar na fileira das amigas, Catarina olhou com atenção para o papel que carregava, e teve tempo de olhar a sequência respondida: D, A, C, B.

Catarina copiou o resultado, esperou alguns minutinhos para disfarçar e entregou sua prova. Professora Esmeralda leu e provocou a classe.

– Vamos gente. Não deve estar tão difícil assim. Até a Catarina já entregou e, pelo jeito, parece que foi bem nas provas ou nos chutes, vai saber.

No intervalo da aula, Aleixa veio conversar com Catarina.

– Eu vi você olhando para as minhas respostas. Sei que vou receber nota 10. Ai de você se tiver a mesma nota, porque vou te dedurar!

Na aula seguinte, a prova estava corrigida e, como se poderia esperar, Aleixa recebeu a nota máxima. Porém, quase todo o quarteto inseparável também, exceto por Leopoldina, a louca, que recebeu 5. Aleixa procurou as meninas depois da aula, que conversavam, todas juntas, para variar.

– Catarina, eu vi você olhando para o papel da minha prova. Mas fiquei curiosa. Como conseguiu passar o resultado para as suas amigas?

– Não sei do que você tá falando, garota!

Aleixa resolveu ameaçar.

– Você vai saber. Na próxima aula da professora Esmeralda, todas vão descobrir a santinha que você é.

– Você tem prova daquilo que vai me acusar?

– E eu preciso? Esqueceu quem é o meu pai?

Aleixa se valia do fato de ter como pai um empresário de Olímpia, dono de uma rede de empresas, hotéis e postos de gasolina. Após a demonstração de arrogância, Aleixa deixou o quarteto, olhando para cada uma com o ar de soberba, cheia de superioridade.

– E agora, Catarina, o que vamos fazer? –perguntaram Laís e Aurora.

– Nada. Duvido que ela nos acuse de qualquer coisa sem provas.

Leopoldina lembrou de algo e quis saber a verdade.

– Você tá esquecendo que as professoras e os professores adoram Aleixa. Pudera, quase todos têm um marido, irmão ou filho que trabalha em algum negócio do pai dela. Mas, Catarina, o que aquela nojentinha disse é verdade? Se você passou a resposta certa para Laís e Aurora, sorte delas, porque para mim você não informou nada. Só recebi nota 5 por ter estudado mesmo.

Foi Laís quem intercedeu e explicou o acontecido.

— Leopoldina, não é à toa que todo mundo compara você com a louca da história. Catarina descobriu a resposta, entregou sua prova e quando voltou, na distância entre a mesa da professora e sua carteira, veio dublando a resposta: D, A, C, B. Como ninguém dá bola para Catarina, só nós vimos ou, se alguém mais viu, acabou aproveitando. Você não viu Catarina abrindo e fechando a boca em silêncio, "dizendo" D, A, C, B?

— Puta que o pariu, não acredito que perdi isso!

Na segunda-feira, duas aulas de Ciências estavam agendadas. Aleixa confirmou suas ameaças. Sem levantar-se da cadeira, na frente de todas as alunas, trouxe o que sabia.

— Professora, eu detesto fofoca. Vou dizer uma coisa só para o bem da sala, ainda que me doa fazer isso. Na última prova, tenho certeza de que Catarina copiou o resultado da minha prova e foi assim que recebeu a nota máxima. Tome cuidado, se bobear, ela cola até da senhora. Acho que inclusive ela passou o resultado para as suas amiguinhas.

Catarina ficou impassível, quase não esboçou reação, a não ser um negativo balançar de cabeça, como a dizer "que merda".

— É uma acusação grave. Como ela teria feito isso? –quis saber a professora.

— E de que outra maneira ela receberia a nota máxima? A senhora não pensou sobre isso?

Professora Esmeralda olhou para Catarina, devolveu o olhar para Aleixa e refletiu antes de responder.

— Você pode provar o que diz, Aleixa?

— Quem tem a função de provar alguma coisa é a senhora, professora, autoridade máxima da aula. O meu papel de aluna com o perfil de liderança, que aprendi com o meu pai, é mostrar o que tá errado.

— Olha, Aleixa, espero que você estude bastante e realize seus sonhos. Enquanto isso não acontece, cuide de sua vida. É feio ficar reparando que nota a colega recebe, é injusto acusar alguém sem provas, é desrespeitoso expor Catarina na frente de todo mundo. Se tinha algo a dizer, que me procurasse em tom confidencial. Eu não posso dizer que ela seja um exemplo de aluna, porém não concordo em expor alguém dessa maneira. Na próxima semana, quero conversar com a sua mãe. Vou preparar um bilhete para ela.

— Vixiiiiiiiiiiiiiiiiiiiiiiiiiiiii.

— Silêncio! — gritou a professora Esmeralda, calando o coro que se estabeleceu na sala de aula.

Esmeralda olhou para a outra aluna e perguntou o que lhe pareceu justificado.

— Catarina, você tem algo a dizer em sua defesa, contra essa acusação de Aleixa? Por acaso você e o seu grupinho de quatro amigas deram um jeito de colar, mocinha?

— Não, professora. Agora, se as minhas amigas tivessem colado e eu soubesse, não acusaria porque é errado dedurar.

– O.K., assunto encerrado!

Professora Esmeralda não disse nada, mas o olhar de aprovação em relação ao comentário de Catarina não passou despercebido por Aleixa.

– Eu vi o olhar da senhora para Catarina, como se estivesse certo o que ela fez, como se o errado fosse o certo. Vou conversar com a minha família, isso não vai ficar assim.

– Tá bom. Por enquanto, vá para a diretoria e me espere lá. Você vai receber uma advertência formal, Aleixa!

Outro vixiiiiiiiiiiiiiiiiiiiiiiii ecoou e foi silenciado pela professora.

Catarina dividia opiniões no colégio. Aleixa a odiava. Algumas alunas e professoras a adoravam. E a vida seguiu, essa era a sina de Catarina, o oito ou o oitenta.

Muitos anos depois, Aleixa se tornaria uma das primeiras auditoras do país, tema que naqueles idos era recém-chegado ao Brasil. Aí, sim, pôde dedurar o que encontrava de errado com o apoio ético da profissão escolhida.

O marido da professora Esmeralda, gerente da rede de postos de gasolina cujo dono era o pai de Aleixa, foi demitido por ocasião do imbróglio entre Esmeralda e a menina. Mas quem disse que a vida não dá suas voltas e reviravoltas?

Quis o destino que Esmeralda, dez anos mais tarde, herdasse uma bolada no interior de Minas Gerais, onde decidiu construir uma casa. E, durante os trabalhos de fundação da obra, encontraram petróleo.

Tempos depois, Esmeralda e o marido se transformaram em empresários do setor petroleiro, fornecendo combustível para as pequenas, médias e grandes redes. Inclusive, eram fornecedores da rede sob o comando da família de Aleixa.

Quando esse pequeno empresário de Olímpia (dessa vez era pequeno, se comparado ao casal) pediu ajuda da companhia por conta de sua iminente falência, a vida reconectou aquelas histórias.

Uma falsa auditoria, presidida por Aleixa, alegava que a empresa poderia se recuperar. Mas a companhia de Esmeralda não caiu na informação furada e acabou executando as dívidas. Essa vida é mesmo cheia de curvas...

Ao saber desses eventos, Catarina teve a sua conhecida conversa.

— Meu Deus, colei naquela época porque o senhor sabe que eu detesto ciências. Espero que possa desculpar minhas tantas coladas. Mas pense bem ao avaliar minha conduta, Deus. Pelo menos não sou dedo-duro, nem arrogante como aquela lá. Ah, e por falar nisso, acabei de julgar Aleixa, ignorando a sua lição, né? Se puder quebrar o meu galho, me perdoe também por isso!

SE APANHA NA ESCOLA E NÃO REAGE, APANHA DE NOVO EM CASA

"Atire a primeira pedra o pai ou a mãe que jamais defendeu o filho na escola diante de valentões, injustiças e exageros."

Paulo era conhecido como Paulinho. Mas não era só o Paulinho que tinha apelido. Nestor era o Neno e Igor, o Ig. Essa galerinha formava o trio de filhos de Catarina.

Dentre eles, dois deram um pouco mais de "trabalho" na escola, e o tal "livro negro" tão conhecido no passado teve de ser assinado algumas vezes. Especialmente um desses dois, Paulinho, foi o que mais trabalho deu.

Catarina via a questão com um olhar duplo, que ela conspirava mais justo. O primeiro olhar, o de mãe, mais protecionista e compreensivo. O segundo, o de cidadã, mais exigente, pois fez questão de que os seus filhos respeitassem as pessoas e, ao mesmo tempo, fossem respeitados.

Paulinho, no futuro, seria um generoso dentista. Naquele tempo de pré-adolescência, no entanto, Catarina ouvia reclamações dos professores sobre o comportamento do rapaz.

Todos sabiam que Paulinho era judoca e capoeirista. Por conta disso e por parte dos professores, havia um excesso de cuidado em relação aos colegas. Os professores temiam, claro, que Paulinho desse uma coça na molecada.

Na prática, o que estava acontecendo, nem de perto, se dava assim. A molecada sabia que Paulinho era proibido de usar as artes marciais desnecessariamente, e aproveitava. Juntava-se aquela meia dúzia de moleques folgados para provocá-lo e a confusão se armava. À medida que um adulto, fosse professor ou inspetor, se aproximava, essa meia dúzia simulava que Paulinho estava tentando agredir cada um deles.

As reclamações começaram a chegar, e Catarina foi bem sincera com a diretoria.

– Filho meu pode até ser levado, mas posso garantir que não é agressivo sem ser provocado. Quem educou fui eu, e coloco a mão no fogo!

Os dias foram seguindo o seu curso. Aqui e ali, registravam-se reclamações de que Paulinho ameaçava os moleques.

Questionava o filho e ouvia a verdade: os meninos provocavam, xingavam, faziam de tudo porque sabiam que ele não revidaria.

De fato, a orientação dos professores de capoeira e judô seguia no caminho de que o talento aprendido com as artes marciais só poderia ser usado por Paulinho contra aquele que colocasse em risco a sua segurança.

Amadurecido pelas instruções dos mestres, Paulinho procurava ignorar, decidido a não entrar naquele jogo provocativo. Só que a situação começava a sair de controle. Aos olhos dos educadores, era ele, Paulinho, o responsável pelas provocações.

O mês de abril estava só começando e as reclamações do colégio iam se avolumando. Catarina acreditava no filho, que por sinal trouxe outro acontecido naquela tarde de sexta-feira.

– Mãe, eu tava na minha, quieto, comendo o meu lanche. Um dos moleques chegou por trás, do nada, e cuspiu em meu sanduíche. Meu primeiro impulso foi passar o rabo de arraia[2] e descer a porrada, mas lembrei de meu mestre, que orienta a ter paciência com aqueles que não conhecem as artes marciais.

Foi a derradeira gota. Cansada da situação, Catarina disse a Paulinho o que ele deveria fazer.

— Na segunda-feira, seja uma cusparada ou uma ofensa com palavras, você tá autorizado a arrebentar a cara do menino. Deixa que eu resolvo o caso com a diretoria. Chega dessa merda; chutou, cuspiu, levou. Presta atenção: se apanhar na escola e não reagir, apanha de novo em casa.

Como se ela tivesse adivinhado, a provocação aconteceu durante o intervalo e Paulinho desceu a lenha. O mesmo garoto cuspiu em seu lanche e deu uma gargalhada. Só não riu por muito tempo, pois nem viu de onde veio a perna que lhe deu o rabo de arraia, nem teve tempo de ver quem deu o soco, assim que se levantou.

Os outros meninos saíram correndo, e o menino que apanhou não levou a queixa aos diretores. Perguntado pelos professores sobre aquele olho roxo, disse só o que a vergonha de ter apanhado permitiu.

— Caí e bati com o rosto na trave, jogando bola.

Depois daquele dia, ninguém mais mexeu com Paulinho. Na reunião de pais, dois meses depois, Catarina escutou da professora o que toda mãe adora ouvir.

---
[2] Golpe de capoeira que equivale a uma rasteira.

– Quero parabenizar a senhora. Seja lá o que tenha conversado com Paulinho, deu certo. Nunca mais recebemos queixas de que ele estivesse ameaçando ou batendo nos outros garotos. Parece que o seu filho enfim aprendeu a controlar o humor e se relacionar melhor com os amigos. Muito obrigada pela ajuda, Dona Catarina!

– Ah, não foi nada.

– Posso perguntar o que a senhora fez para dar certo, o que disse ao garoto? Quem sabe eu possa indicar os seus conselhos a outras mães que têm o mesmo problema de agressividade com as crianças?

Catarina saiu pela tangente.

– Eu revelaria, mas acho que educar os filhos é uma questão pessoal. Não quero interferir no processo das outras mães.

– Faz sentido! – respondeu a diretora.

Assim, controlando as situações caso a caso, Catarina educou três filhos que cresceram, se formaram e se tornaram profissionais bem-sucedidos em suas áreas.

A rédea da educação adolescente era curta. Enquanto pôde, proibiu as baladinhas em que se tinha conhecimento da circulação de drogas. As candidatas a noras que surgiram pelo caminho e, aos olhos de Catarina, eram do tipo indesejáveis, acabaram partindo do jeito que chegaram.

Não que Catarina fosse do tipo que separa o filho da namorada por meio de proibições. Ao contrário, acolhia a garota, e fazia uma costura aqui, deixava uma pulga atrás da orelha ali, uma ponta solta acolá. Não raro, o filho acabava terminando a relação. No fim, deu certo. Seus três filhos tiveram ótimos casamentos, ao lado de esposas que os fizeram felizes e geraram os netos da família.

Ora, quem poderia julgar Catarina pelo empurrãozinho para afastar a relação que seria um fiasco? Ou, como se costuma dizer, quem nunca?

Toda ou quase toda mãe amorosa, se pudesse e tivesse capacidade de articular algo com discrição, daria um jeito de mostrar ao filho que tal pessoa, aos olhos dela, "não nasceu para ele".

Na nobreza internacional, uma das rainhas mais conhecidas do mundo até tentou – diga-se, em vão – afastar os filhos das relações com mulheres que não pertenciam à corte. Nunca conseguiu. Os príncipes ingleses fizeram as próprias escolhas.

Longe dali, em solo brasileiro, seja nas comunidades ou na fina flor da sociedade, mães lutam para que o filho não se envolva com a mulher errada, que pode colocá-lo em enrascadas – quase sempre, também em vão.

Seja qual for o nível social e econômico, mãe que é mãe deseja ver o filho numa relação saudável que o faça feliz. E algumas, poucas, conseguem articular para que isso funcione. Catarina se encaixa nesse raro exemplo.

Outras vezes, deixava de lado a estratégica discrição e partia para o enfrentamento, a exemplo do que aconteceu com um de seus filhos, Igor, de apelido Ig, o mais velho, que certa vez simplesmente, e em tese, seria pai.

A moça se chamava Aline. Vez e outra, conversava com Catarina na fase do namorico, mas não agradava à sogra.

Sem mais, nem menos, sem qualquer cerimônia ou comunicado às famílias, ela disse estar grávida. Quando Aline, pretendente à futura esposa, se viu diante da sogra, ela não poupou a bronca.

– Espere aí, Aline. Vocês por acaso nasceram de um ovo chocado? Como vão assim gerando filho, sem ao menos conhecerem a família um do outro? Você me vê com essa cara de boba, mas e se a minha família for composta por bandidos?

Aline estufou o peito para frente, cheia de determinação, e mostrou um meio-sorriso irônico. Com a voz num tom baixo e cheia de sarcasmo, respondeu.

– Somos grandinhos, Catarina. Quem toma decisões sobre nós dois, não é você!

Que afronta. – pensou Catarina, ao ver Aline virar as costas e deixá-la falando sozinha. – *Essa cobra só vai ser minha nora por cima do meu cadáver, e olhe lá se eu não voltar pra puxar a perna dela.*

Filha de sírio não se conforma com facilidade. Catarina contratou Bastião, detetive particular. Sargento aposentado, Sebastião Mendes – ou Bastião, como era conhecido, um homem influente, de fácil acesso às informações que as pessoas costumam esconder. Nunca deixava um caso sem solução, uma procura sem um achado.

Uma semana bastou para que Bastião trouxesse resultados.

– Dona Catarina, Aline teve um filho, hoje com dois anos, antes de se envolver com o seu filho. O garoto é criado pelos avós que moram em Santa Catarina. Foi um acordo que a família fez, para que Aline pudesse trabalhar e reconstruir a vida, já que o pai do garoto é um drogado que a todo instante fica internado. Verifiquei nas companhias aéreas. Desde que entregou a criança aos pais, há registros de apenas duas viagens de Aline. Uma no ano passado, e outra agora, pois neste exato momento ela se encontra lá, com a família.

– Aline só visitou a criança duas vezes em dois anos?

– É o que parece. Pensei que talvez poderia ter ido de carro em outras ocasiões. Investigando, invadi o carro dela num momento em que estava na rua. O veículo tem três anos de uso e pouca quilometragem. Então, de carro ela também não foi.

– Mas pode ter alugado um carro, Bastião.

O homem não deixava nada para trás.

– Verifiquei em todas as companhias de locação de veículos e não há registro. Ela nunca alugou um carro na vida.

– Eu sei que já falou. Só pra confirmar: você tá me dizendo que, em dois anos, ela realmente só viu o menino duas vezes?

– Sim.

Catarina ligou para Ig e, após perguntar coisas variadas, chegou ao que interessava.

– E Aline, tudo bem com a gravidez dela, filho?

– Tá sim, mãe. Ela foi até Santa Catarina, participar de um evento da empresa em que trabalha. Por quê?

– Nada, só para saber. E você acha que é verdade essa gravidez? Você viu o exame?

– Mãe, mãe, ela é legal. Não começa. Com o tempo, a senhora vai gostar da Aline.

– Vou sim. Um beijo, filho, se cuida!

Catarina desligou o telefone e ligou para Bastião.

– Quero o endereço de onde Aline está. Vou até lá no próximo voo.

Eficiente, Bastião informou rua, bairro, número da casa e, como naquele tempo não existia GPS, encaminhou um mapa detalhado.

– A senhora quer que eu a acompanhe na viagem? Está correndo algum perigo?

– Não, Bastião. Na próxima semana, venha aqui receber o seu pagamento. Muito obrigada por tudo!

Catarina embarcou na mesma tarde e foi de São Paulo até Santa Catarina, onde Aline passava alguns dias com a família (embora tivesse mentido para Ig, alegando tratar-se de uma viagem de trabalho).

O táxi parou diante da casa. Catarina apertou a campainha e esperou. Por uma dessas incríveis coincidências da vida, foi a própria Aline quem veio atender. Ao ver a futura sogra de pé, diante dela, a moça, que era bem branquinha, primeiro empalideceu ainda mais. Em seguida, sentiu o semblante queimando. É que não tinha espelho, senão teria visto que as feições do rosto estavam vermelhas como uma maçã.

— Descobri que tem um café nessa mesma rua, a quinhentos metros. Estou indo pra lá e vou te aguardar.

Sem dizer uma palavra além disso, Catarina voltou ao táxi e, quando o carro seguiu, olhou de lado a tempo de ver Aline parada ao pé da porta, de semblante avermelhado.

Levou só alguns minutos para Aline chegar ao café. Em seu rosto, estava de volta o sorriso vencedor, irônico, cheio de pose. Foi se posicionando na defensiva.

— Eu não sei o que você veio fazer aqui, nem como descobriu a minha casa. Só que uma coisa não muda a outra. Vou ter um filho, queira a senhora ou não. Sacou?

O detalhe é que o "sacou" foi tão irônico que deixaria qualquer pessoa indignada. No entanto, Catarina era experiente. Não levantou a voz, manteve-se calma, tomou um gole de café e, olhando nos olhos dessa que agora era sua rival, colocou os pingos nos is.

— Ig é maior de idade e vacinado. Está pronto para tomar decisões na vida dele. Agora, eu te pergunto, Aline: você acha justo que ele fique noivo sem saber tudo a respeito de você?

— Olha, se você veio tão longe para me ofender, pode pegar o avião de volta. Eu não estou fazendo nada de errado, nem traindo o seu filho. Aquela casa em que você bateu é dos meus pais.

— Eu não disse que você traiu o meu filho. Só quero a verdade. Como se diz naquele filme, eu sei o que você fez no verão passado, sobre uma criança que deveria estar sob os seus cuidados. – e usando o mesmo tom de sarcasmo que Aline usara, Catarina concluiu sua fala com uma só palavra – Sacou?

Aline empalideceu e avermelhou outra vez.

— Como você pode saber disso?

Catarina devolveu a pergunta.

— A questão, Aline, é outra. Como você espera esconder uma criança? Toma juízo, menina. Filho é para amar e não para ser escondido.

A moça começou a gaguejar.

— Eu, eu, eu ia contar depois do casamento. Não queria que nada atrapalhasse o nosso amor.

— Repito: não se esconde um filho, menina. Eu tive três e, por onde andei, senti orgulho de mostrar os meninos a todos. Não tenho nada a ver com a sua vida. Só não vou permitir que o Ig se case sem saber disso. Ou você conta, ou conto eu. Sacou?

O sorriso cheio de ironia desapareceu do semblante de Aline, o peito, antes estufado e arrogante, murchou. Por outro lado, não havia uma ruga de sofrimento.

A sogra percebeu que o fato de ter a situação revelada não doía em nada na moça. Aline se manifestou.

– Catarina, meus pais também me pressionaram, agora você. Tô de saco cheio, chegou a hora de colocar um ponto-final nisso. Então, vou ser sincera. Eu não tô grávida. Inventei porque tive medo de perdê-lo.

– Ah, olha só, bem que eu desconfiei. Pois o que você vai fazer só cabe a você. A mim, cabia só dizer o que eu sei, porque minha mãe dizia que a verdade é da conta de todo mundo. Até um dia, Aline!

Catarina pagou os cafés e saiu sem olhar para trás. Nunca mais viu Aline. Poucos dias depois, Igor anunciou que, a pedido de Aline, tinham rompido a relação, e contou que a tal gravidez era uma invenção.

Aline preferiu romper a relação a revelar que tinha um filho com outro homem, educado pelos avós.

De qualquer forma, como uma relação alicerçada em duas graves mentiras poderia dar certo? – pensou Catarina.

Catarina tomou o seu café descafeinado e, sozinha, na parte norte do jardim, acendeu o cigarro e ficou contemplando o movimento da rua, as pessoas indo e vindo, apressadas. Um pensamento foi inevitável.

Se ela preferiu terminar com Igor, quer dizer que não gostava mesmo dele. Além disso, Igor não parecia tão mal quando contara, há pouco, sobre o término da relação. Mais dia, menos dia, ele esquece essa moça. Alguém poderia até me julgar, mas a minha consciência tá limpa.

Apagou o cigarro, voltou ao interior do casarão e nunca mais tocou no assunto. Assim era Catarina, cheia de comportamentos "oito ou oitenta". Talvez, o filho ficaria aborrecido se soubesse do detetive, da viagem até Santa Catarina e da conversa entre sogra e nora. No fim, um pensamento foi crucial para aliviar a consciência daquela mãe, que defendia a cria tal qual uma leoa.

Ele me perdoaria. Mas duvido que perdoaria aquela lá, pela crueldade de esconder um filho nascido e mentir que estava grávida. Deus, por favor me perdoe também, viu? O senhor bem sabe que cuidar dos filhos é papel da mãe, então alivia aí, tá?

Foi o último pensamento de Catarina antes de cochilar no sofá, com outro cigarro que já tinha acendido. Sempre de olhar atencioso, Bernadete apareceu do nada, retirou o cigarro das mãos de Catarina e o apagou. Ao olhar para ela, a empregada percebeu que Catarina cochilava outra vez com um meio-sorriso destacado. E pensou:

Ela provavelmente tá sonhando com alguma coisa boa.

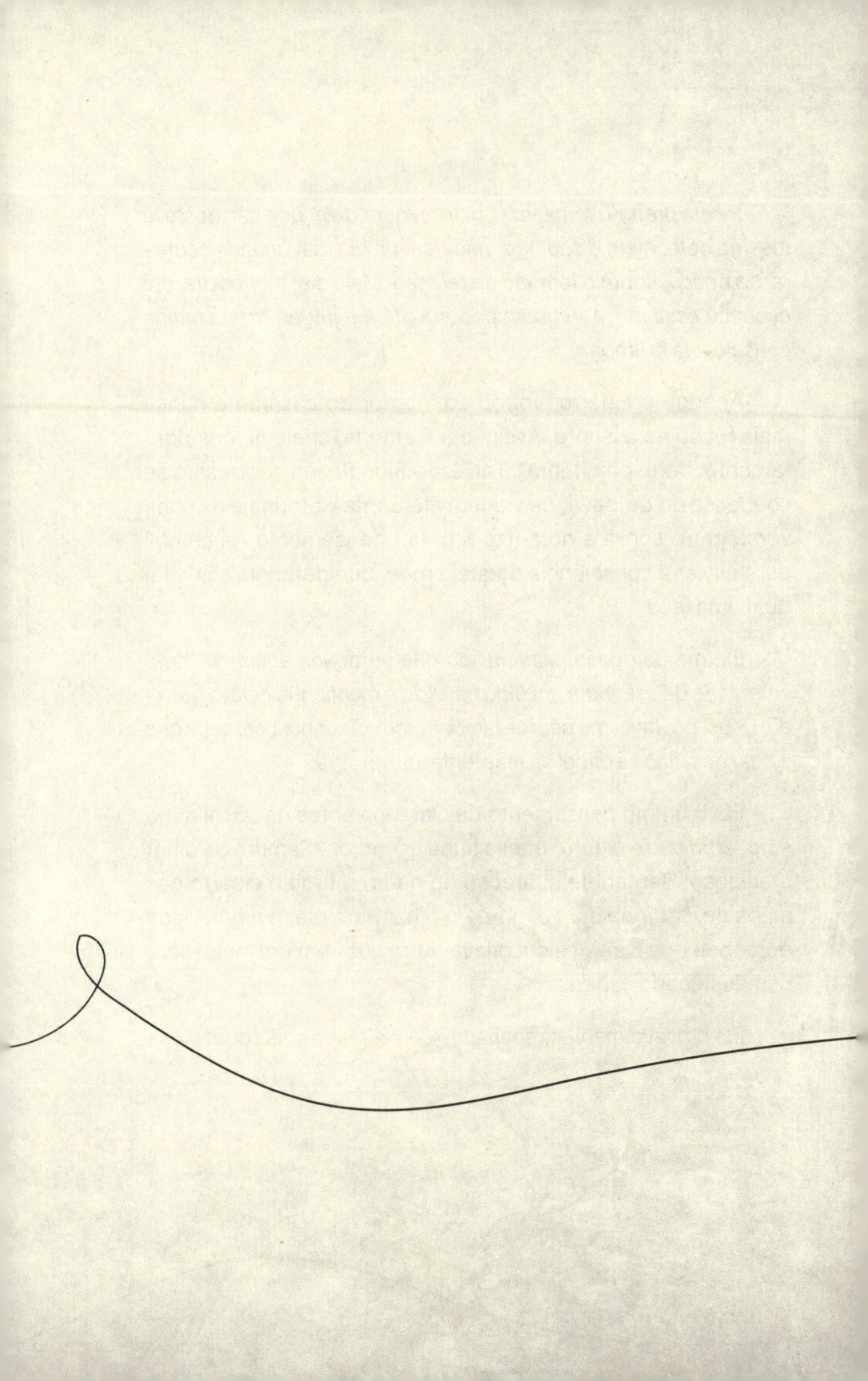

CONTRA ALMA, ARMA É O CAMINHO

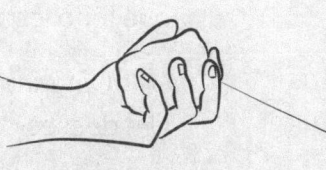

"Mente quem diz que nunca teve medo do desconhecido."

Quem se depara com as atitudes de Catarina pode até não concordar em totalidade. Não há quem possa questionar, todavia, a intensidade dela.

Talvez o leitor consiga entender aquela pequena dose de protecionismo de mãe, típica da nossa latinidade. Havia, em contrapartida, um senso natural de generosidade presente em nossa protagonista. Para entendê-la, também precisamos entender a infância educacional de Catarina, que não foi moleza.

Da. Joana, mãe de Catarina, foi uma mãe austera. Por muito ou pouco, não importava, Catarina levou surras que ficaram para a história.

Um desses momentos dolorosamente memoráveis foi a eleição de sua irmã, candidata à líder dos estudantes. Um dos requisitos da candidatura consistia em vender rifas, para angariar recursos. O colégio, adiante, doaria o valor arrecadado para instituições carentes.

Com o intuito de ajudar a irmã a vender mais e mais rifas, Catarina saiu oferecendo na rua, com um discurso típico dela.

– Moço, tem gente que nunca ajuda ninguém na vida. O nosso colégio fez a gente ajudar na venda da rifa, para ajudar na manutenção das casas carentes. Vamos comprar alguns números e contribuir? O senhor ainda concorre ao prêmio, olha que jeito legal de ajudar o próximo.

Catarina vendeu seis cartelas inteiras para ajudar a irmã. Um desses compradores acabou complicando a vida da então garota. No exato instante em que ele entregava as cédulas e pegava os cinco números comprados, quem vinha chegando?

Da. Joana subia a ladeira, quando viu o homem depositando o dinheiro nas mãos da filha. Da distância que a mãe estava até Catarina, uns bons trinta metros as separavam, e com a velocidade de um guepardo faminto e mal-humorado, a mãe chegou.

Como é de se esperar, fez da situação o juízo que quis, e não foi nada bom, já que vira um homem velho dando dinheiro à filha jovem.

– Lá pra dentro de casa, a-g-o-r-a!

Catarina atendeu à ordem e seguiu a mãe, pensando o que teria feito de errado. Nem teve a chance de saber o que aprontara. Entre um tapa e outro, perguntava o que tinha feito.

– Ah, então você não sabe por que tá apanhando? Só que eu sei porque tô batendo.

A sorte visitou Catarina no meio da coça, Omar, seu pai, chegou e exigiu que a mãe parasse com aquilo.

– Por que tá batendo desse jeito na menina? – quis saber Omar.

Catarina correu para o quarto, abriu a janela, pulou o muro e correu o mais rápido que pôde, sem saber aonde ir. Acabou decidindo se esconder num local público que ficava perto de sua casa, o Cemitério Municipal de São José do Rio Preto, munida de um pensamento que acabou por fazê-la dar uma gargalhada.

Gente morta pode até assustar, mas tapa de gente morta não dói.

Na pressa para fugir, receosa de que Omar não conseguisse convencer Da. Joana e, quem sabe assim, a surra recomeçasse, Catarina nem escutou a resposta que a mãe deu ao pai.

– Você acredita que eu peguei essa menina no flagra recebendo dinheiro de um homem da tua idade? Deixe estar, agora vou continuar o castigo e, desta vez, quero saber direitinho o que ela teve de fazer para receber dinheiro.

Antes de responder, Omar olhou para a esposa, incrédulo.

– Mulher, deixa de ser louca. Ontem, depois do jantar, Catarina me disse o que ia fazer hoje. Então você não sabe?

– Não sei. É bom que me explique direitinho.

– Marianinha é candidata à vaga de líder do colégio. Vence quem conseguir arrecadar o maior volume de rifas vendidas, e o dinheiro vai para a caridade. Ou seja, você tá descendo o braço na tua filha porque a garota tá ajudando a irmã.

Da. Joana tinha os seus tantos defeitos e sabia disso. Era intempestiva, intolerante, intransigente e mais um monte de "in".

Injusta, nunca fui. – pensou.

– Vou lá pedir desculpas para a menina. – disse a Omar, correndo até o quarto.

Ao entrar no quarto da filha, viu a janela aberta e o quarto vazio. Voltou até a sala.

– Omar, eu fiz bobagem. Bati tanto, que a menina fugiu.

Foi um dos raros momentos em que o DNA da família síria de Omar prevaleceu. Afinal, ele vinha de uma família conhecida pela austeridade. No caso de Omar, sua placidez só permitiu uma frase, sem alteração de voz, sem um gesto agressivo.

– Você foi mesmo, Joana, bom... melhor nem dizer o que pensei!

Da. Joana olhou para o marido, atônita. Sabia que a família de Omar era composta por gente brava. Porém, pela primeira vez, naqueles tantos anos de casamento, escutava dele algo rude.

Perto dali, Catarina vivia um dilema. Escondida entre as catacumbas, de longe viu quando o porteiro passou o cadeado no portão principal. Ou seja, estava presa e sem saber ao certo o que fazer para sair dali.

Começou a imaginar a noite inteira naquele lugar, cercada de almas. Para agravar a sensação de fragilidade do ambiente fúnebre, era uma noite de ventania. As gigantescas árvores choronas e os ipês plantados no cemitério balançavam para lá e para cá, ao sabor dos ventos fortes, com um farfalhar de folhas que pareciam vozes.

– Vocês nem pensem em me atacar, que eu taco a pedrada! – disse, olhando para os túmulos, mesmo sem a certeza de que alguém a escutava.

Ao mesmo tempo, na parte baixa do bairro, Omar e Da. Joana circulavam de rua em rua, procurando a menina em cada quadra, aflitos pelo sumiço.

Catarina vasculhou todo o ambiente, procurando uma saída. Com medo, pensava que antes de ver a saída, seus olhos poderiam acabar encontrando uma ou mais almas.

Cogitou pedir para o porteiro do cemitério abrir o portão principal e salvá-la daquelas tantas almas, e outros pensamentos a impediram, numa dicotomia danada.

E se o porteiro decidir chamar a polícia e eu acabar presa?

Será que prendem crianças?

E se o cara que eu vi não é o porteiro e sim uma alma penada?

Na ala sul do terreno, percebeu no muro mais baixo a sua chance de fugir. Não teve dúvidas. Escalou do jeito que deu, se apoiando nos mausoléus, arranhando joelhos e cotovelos. Uma vez lá no alto, olhou para baixo, teve medo da altura, mas entendeu que daria conta do recado e pulou.

Quando bateu os dois pés no chão, sentiu forte dor no joelho pelo impacto. E mesmo com dor nos joelhos e nas pernas finas, a despeito dos arranhões, virou para trás e disse:

– Tá vendo, suas almas penadas? Acharam que iam me aprisionar? Pois eu fugi!

Nesse exato instante, bateu outro pé de vento, que fez as árvores farfalharem. Em sua imaginação de criança assustada, Catarina pensou ter ouvido claramente:

— Voltaaaaaaaaaaaa.

E saiu correndo, sem olhar para trás outra vez, prometendo que nunca desafiaria as almas outra vez.

Em segurança e longe do cemitério, foi caminhando na direção de casa. Ao chegar à rua onde morava, viu seus pais Omar e Da. Joana andando a esmo. Sua mãe a viu e, do outro lado da rua, deu a ordem.

— Venha cá, mocinha.

Escolada pela surra, a filha hesitou.

— Não vou nem a pau. Apanhei demais por hoje. Nem sei por que apanhei.

Foi necessário Omar garantir à filha que não apanharia mais. Catarina se aproximou, recebeu um abraço dos pais e Da. Joana procurou fazer justiça.

— Filha, quando for mãe, você vai entender a minha preocupação. Eu realmente fui injusta, só que não é fácil criar onze filhos. Preciso me preocupar com vocês.

Catarina não deixou de graça.

— E quando se preocupa, a senhora desce o braço, é?

Omar, conciliador, colocou um fim na peleja, deixando uma lição. Em vez de filha, ele usava a carinhosa expressão "fia".

— Fia, sua mãe agiu mal. No entanto, se desculpou, não? Aprenda a perdoar porque só temos duas opções: a gente passa metade da vida perdoando atitudes e pessoas ou cultivando amargura até a morte. O que você escolhe?

Catarina nunca se esqueceria daqueles dizeres e décadas depois, quando alguém perguntava o seu segredo para ter alcançado a longevidade com a cabeça no lugar, repetia a lição do pai, e dizia que a melhor coisa que aconteceu em sua vida foi a surra conferida pela mãe, senão teria ficado sem receber um aprendizado tão valoroso.

Naquela noite, os três entraram em casa e não mais se falou no assunto. Sobre a eleição, a irmã não venceu. Sua principal vendedora de rifas perdeu um dia de vendas, que foi determinante. Omar ficou curioso e fez uma pergunta.

– Fia, onde você se escondeu? Eu andei por todos os quarteirões da vizinhança.

– No cemitério.

Omar sorriu, incrédulo.

– Eita, menina corajosa. E não ficou com medo das almas, fia?

– Eu, não. Tinha bastante pedra. Avisei às almas que se eu visse alguma, ia mandar pedrada.

– Por acaso alguma alma respondeu?

– Sei não, pai. Acho que alma não fala.

– Se não fala, pedra adiantaria alguma coisa?

– Isso eu também não sei, mas que eu ia jogar, com certeza ia.

– E não teve medo em momento algum?

– Só na hora que fui embora. Acho que escutei as almas dizerem "voltaaaaaa". Talvez tenha sido só o vento.

Omar fez um carinho na filha e partiu para o banho, se divertindo com a sua ingenuidade pré-adolescente.

Tarde da noite, Catarina acordou ao som de insistentes batidas na porta da frente. Um súbito pensamento surgiu.

Ai, meu Deus, ajuda por favor. As almas do cemitério vieram me buscar em casa.

Como percebeu que ninguém se levantou para atender, calçou as chinelas de borracha, a blusa do pijama e foi até a porta, lançando a pergunta para quem estava do lado de lá.

– Quem é, alguma alma?

– Seu pai, Omar.

O que será que o meu pai tá fazendo do lado de fora em plena madrugada? –pensou, enquanto abria a porta.

De repente, seus olhos se arregalaram, o corpo gelou, os pelinhos do braço e da nuca se arrepiaram. Diante dela, em vez do pai, o verdadeiro fantasma de um homem velho, de rosto deformado. O "corpo" era tal qual névoa e não tocava o chão, meio que flutuava. No semblante carrancudo, manchas de sangue sugeriam que o homem saíra de alguma briga recentemente.

Catarina travou, não conseguia esboçar reação. Tentou abrir a boca para gritar, mas era como se os lábios estivessem colados. Esforçou-se para correr e as pernas não deram qualquer sinal de movimentação, pareciam engessadas. Procurou dar um murro na alma que estava diante dela e os braços não obedeciam.

A voz grossa da alma penada pareceu ecoar em seus ouvidos.

– Você disse que ia jogar pedra em mim e nos meus amigos de cemitério. Vim até aqui perguntar se você tem coragem.

À medida que falava, a alma esticou suas mãos enevoadas e agarrou o pescoço de Catarina, com tanta força que a menina nem conseguia respirar. Sua vida chegava ao fim ou, ao menos, foi o que sentiu, já que nenhum músculo do corpo respondia, e nem respirar conseguia.

A alma assassina parou de enforcar Catarina e passou a cutucar o seu braço direito, primeiro devagar e, em seguida, com força.

O súbito movimento a fez pensar.

Ué, se a alma vai me matar, por que fica me cutucando?

Aqueles cutucões foram se intensificando, cada vez mais fortes. Até que conseguiu abrir os olhos e deu um grito com toda força que tinha nos pulmões, mesmo com os lábios pregados pela força invisível da alma que a assombrava.

Abrindo os olhos e se acostumando com a escuridão do ambiente, ela percebeu quem cutucava o seu braço. Não era a alma, e sim o seu pai, Omar.

– Fia, você tava gritando tão alto que os vizinhos devem ter chamado a polícia. Parece que enfrentou um pesadelo dos brabos. Com o que sonhava?

Olhou para o pai, feliz por descobrir que era só um sonho. Suada e gelada da cabeça aos pés, respondeu assim que sentiu a respiração ofegante voltar ao normal.

– Pai, não é "o que", mas "com quem" eu tava sonhando. Posso dormir com vocês?

– Aos 13 anos? Seus irmãos vão rir de você.

– Que riam. Desde que eu fique a salvo, é melhor encarar palhaçada do que almas penadas assassinas.

– A salvo de quem, fia? De que alma tá falando?

– Da alma que veio me buscar em sonho.

Omar abriu a exceção e levou a filha para dormir em seu quarto.

– Tire o seu colchão da cama e coloque ao lado da nossa cama. É o máximo que posso fazer. Assim ajuda?

– Pai, antes de ir para o quarto de vocês, posso ir ao jardim rapidinho?

– Pode.

Omar consentiu e ficou olhando da porta, querendo saber o que a filha faria no jardim. Ela deu alguns passos olhando para o chão, como a procurar alguma coisa. Quando encontrou, abaixou-se, pegou o objeto e voltou para dentro. Em sua mão, uma pedra bem grande.

– Onde você vai com isso? – quis saber o pai.

– Colocar perto de mim. Contra alma, arma é o caminho, pai.

Omar riu e não a proibiu. Adiante, certificou-se de que a filha estivesse deitada, dormindo em segurança em seu colchãozinho. Não deixou de reparar na diferença de comportamento. Desde criança, Catarina dormia agarrada com uma boneca de pano. Naquela noite, porém, Catarina dormiu abraçada à pedra coletada no jardim.

Dali em diante, quando seus irmãos queriam espezinhar, chamavam-na de Catarina das Almas. E, com o sotaque puxado de São José do Rio Preto, a pronúncia soava mais engraçada: "Catarina das Arma".

Deitada na segurança de seu colchão, teve o seu momento:

– Meu Deus, muito obrigada por me salvar daquelas almas. Se eu estivesse no cemitério até agora, puta que o pariu, não gosto nem de pensar. Opa, falei palavrão, me desculpe. E tomara que possa me desculpar porque pensei em jogar pedras nas almas. Aliás, lugar de alma deveria ser no céu ao seu lado, e não vagando pelo nosso cemitério, assustando criança que se esconde da mãe pra não apanhar. Além do mais... –e não terminou sua conversa com Deus. Depois de um dia de trabalho árduo para vender rifas, surra, escalada de muro, salto à distância, fuga de casa e fuga das almas, o cansaço e o sono a derrubaram.

A ERVA DANINHA DAS RELAÇÕES

"Os primeiros amores são como flores; belas e perfumadas, ou espinhentas e estranhas."

Dos onze irmãos de Catarina, sete eram mulheres. Cada uma sentiu o peso do esforço de Da. Joana, para que andassem na linha. Batom, só depois dos quinze anos em ocasiões especiais. Namorado, após os dezoito e, nos dias de encontro, sentavam-se no sofá da sala: a filha de um lado, Da. Joana ao meio, o namorado do outro lado. Ou, se quisessem passear pelos jardins da casa, tinham o consentimento, desde que a irmã mais velha acompanhasse o passeio em tempo integral.

Tempos e costumes diferentes aqueles. Quem haveria de julgar a cultura que marcou época nos anos 1970? O mundo testemunhava uma explosão de sexo, drogas e *rock'n'roll*. Enquanto isso, em São José do Rio Preto, ou só Rio Preto para os mais chegados, as famílias tradicionais procuravam preservar os filhos da onda de "liberdade sexual", que virava moda nas grandes metrópoles mundo afora, por meio de festivais, festas e shows.

– Omar, a gente precisa cuidar dessas meninas, senão vira tudo moça perdida. Deus me livre, filha minha precisa dar-se o respeito, casar e formar família. Fiquei sabendo que em São Paulo um monte de menina solteira tá engravidando. Que mundo é esse que estamos vivendo?

– É o progresso, Joana. Os jovens ficam sabendo o que acontece do outro lado do mundo e acabam adotando um estilo de vida mais solto. No futuro, aposto que a mulher nem vai fazer questão de se casar.

– Estilo de vida pervertida, você quer dizer?

– Isso é você quem diz.

– Então você concorda com essa libertinagem toda, homem?

– Não, Joana. Estou dizendo outra coisa. Quanto mais as sociedades interagem e aumentam a conexão entre pessoas da mesma idade, maior é a liberdade que se firma para uma série de coisas. Um dia, vai existir um jeito de alguém no Brasil falar com alguém nos Estados Unidos ou em qualquer lugar do mundo sem pagar nada, tipo uma conexão livre, Joana. Do mesmo jeito que a televisão gera imagens, as pessoas vão conversar por imagem sem pagar nada ou pagando pouco. Vai ser o fim dos telefonemas convencionais. Acho até que nem existirá mais telefone fixo. Então, imagine: se as pessoas vão conseguir falar ao vivo com alguém que está do outro lado do mundo, a influência de outras culturas terá efeito imediato no comportamento, bem diferente de quando a informação chegava por livros e demorava anos.

– Ahahahahahahahahahah. Omar, não repita essas coisas na frente dos nossos amigos, senão vão pensar que você é doido. Se o mundo tá desse jeito com o preço dos telefonemas internacionais nas alturas, de que jeito poderia ser de graça? Acha que as empresas de telefonia abririam mão dessa dinheirama? É cada uma que você diz...

Omar, oposto de Da. Joana, tinha as suas divagações, mas todos respeitavam suas opiniões e previsões, sempre coerentes e críticas. Muitas delas, inclusive, se transformavam em realidade.

Voltando um tiquinho no tempo para conectar eventos importantes, quis o destino que Juliana, irmã um pouquinho mais velha de Catarina, vivendo os seus 16 anos, se enamorasse por um rapaz que trabalhava no então Banco Nacional.

Bertolino era o nome desse pretendente de Juliana. Trabalhava na função de contínuo e tinha 17 anos. A quem perguntasse a origem de seu nome, respondia sem problemas.

– Coisa do meu avô, que queria homenagear o meu bisa e me deu esse nome de velho. Pode me chamar de Lino. – dizia a todos.

Rapaz sério e de boas intenções, Lino foi até a casa de Omar e Joana, pedir a mão de Juliana em namoro, seguindo a regra da época.

– Da. Joana e seu Omar, eu vim até aqui pedir autorização para namorar a sua filha. Trabalho no Banco Nacional e, um dia, quero me casar com ela.

Joana não "foi com a cara" do rapaz. Não levantou a voz, não se alterou e não quis saber a opinião do marido. Por conta própria, respondeu.

– Bertolino...

O rapaz a interrompeu.

– Pode me chamar de Lino, senhora.

– Se o seu nome é Bertolino, vou te chamar assim. Não tenho intimidade pra tratar você por apelido e nem quero ter tão cedo. Se você gosta mesmo de minha filha, volte depois que ela tiver 18 anos e aí sim, caso tenha esperado, vou saber que o seu sentimento é verdadeiro.

Depois que o rapaz foi embora, Omar a chamou de canto.

– Pra que isso? Parece um bom menino.

– Tem cara de safado e eu nunca erro. Não se meta, que eu sou a mãe e conheço homem que não presta pelo faro.

Omar desistiu. Lembrou-se da filha mais velha e não quis prejudicar Juliana, por receio de despertar a raiva da esposa. Dois anos antes, Lindalva, a filha mais velha de 19 anos, casara-se com um rapaz não católico.

Insatisfeita com a escolha da filha, Da. Joana rasgou a coleção de revistas de Lindalva. E disse:

– Você vai se casar com um ateu. Essas revistas que colecionava são produzidas pela igreja católica para arrecadar fundos e eu que paguei por cada exemplar. Agora, você não vai mais precisar delas.

Mas de volta àquele episódio do pretendente, no dia seguinte, o gerente do Banco Nacional bateu à porta de Omar e Joana. Catarina serviu café, bem no momento em que o homem dizia o motivo de sua visita.

– Bem, as notícias em São José do Rio Preto correm rápido. Fiquei sabendo que proibiram o namoro entre Lino e Juliana. Vocês me conhecem desde que a agência foi fundada e tenho certeza que confiam em mim. Esse rapaz, o Lino, é boa-praça. Trabalha conosco desde os 15 anos e estamos esperando ele atingir a maioridade para promovê-lo. Conheço também os pais dele, são ótimas pessoas.

— Eu não fui com a fuça dele. – disse Joana, sem rodeios, e Omar fez o aparte.

— O senhor me desculpe, minha esposa às vezes é sincera demais.

— Não tem problema. Não sei quais razões a senhora tem para não apreciar o rapaz. Só sei que é um bom menino.

A paciência de Joana acabou.

— O senhor tem alguma moça em sua família com idade para um relacionamento sério?

— Tenho sim, minha família é grande. São três sobrinhas na faixa dos 15 aos 20 anos.

— Se o rapaz é assim tão bom, basta apresentar aos seus irmãos como pretendente a genro. Um deles há de querer. Certo? E se me der licença, tenho muita coisa a fazer.

E lá se foi o gerente, com o rabo entre as pernas, todo constrangido. Juliana e Lino sofreram com a decisão de Joana. Omar achou aquilo um exagero protecionista. Já Catarina, menina esperta e antenada, percebeu que a mãe vira algo no rapaz que ninguém vira.

Lino não esperou. Casou-se com outra moça pouco depois de ter completado 18 anos. Joana foi considerada megera por várias pessoas que tomaram conhecimento da situação. Até que um dia, tudo mudou.

Juliana também se cansou de esperar e se casou com o jovem vizinho, filho de um pequeno comerciante local. Para espanto de todos, Joana aceitou sem reservas o namoro, o noivado e o casamento. A quem perguntou o porquê, ela foi franca.

– Nunca se tratou de dinheiro, mas de caráter. Um dia vocês darão razão pra mim.

O barco da vida seguiu as suas cartas náuticas. Passaram-se seis anos desde o pedido de namoro de Lino. Omar chegou em casa esbaforido e pálido.

– Joana, Joana, Joanaaaaaaa.

A esposa veio da cozinha.

– O que foi, homem de Deus? Parece que viu fantasma.

Omar deu o jornal para que a esposa visse a matéria de capa.

"Jovem bancário dá golpe milionário no Banco Nacional e foge para o exterior"

– O que isso tem de mais?

– Leia a matéria. – insistiu Omar.

"Bertolino Dias, 24 anos, funcionário do Banco Nacional, aplicou um golpe nos títulos da organização, transferindo para sua conta as reservas de grandes clientes da instituição. Em seguida, antes que a transação pudesse ser estornada, Bertolino transferiu o valor para várias contas na Suíça e desapareceu, acompanhado da esposa. A polícia está à procura do golpista e a Interpol incluiu o nome do rapaz e da esposa no alerta internacional de pessoas procuradas por crimes. Procurado pela reportagem, o Banco Nacional afirmou que está verificando com as instituições suíças como fazer o repatriamento dos valores indevidamente transferidos. A reportagem procurou um especialista em direito internacional, Dr. Fernando Peres Santiago, que disse ser difícil encontrar o dinheiro. Segundo Peres Santiago, uma vez acatada a transferência, a Suíça protege o sigilo de seus clientes ao máximo e somente um longo processo internacional obrigaria as instituições suíças a revelarem o paradeiro do dinheiro. Ainda de acordo com a opinião do especialista, é mais barato para a instituição arcar com o prejuízo do que pagar os honorários de um processo que pode se arrastar por décadas. A reportagem procurou os pais de Bertolino e a mãe se manifestou, dizendo: 'Isso tudo nos pegou de surpresa, nunca imaginamos que o nosso Lino fosse capaz de fazer isso'. A polícia continua em busca do paradeiro de Bertolino e a sociedade de São José do Rio Preto está consternada, pois é a primeira vez que um crime financeiro é testemunhado na região".

Joana olhou para o marido com um sorriso vencedor estampado no semblante.

– Quero só ver a cara das vizinhas fofoqueiras, que viviam falando de mim pelas costas, me chamando de megera ou coisa pior. Você mostrou esse jornal para a Juliana?

– Não.

– Vamos agora mesmo até a casa dela.

– Juliana nem precisa saber disso, Joana.

– Precisa sim. Eu sei que, no fundo, ela guarda uma magoazinha dessa época.

Ao ver os pais diante da porta, Juliana estranhou.

– Aconteceu alguma coisa?

– Você leu o jornal de hoje? – perguntou a mãe.

– Mãe, eu não leio jornal. É só notícia ruim. Prefiro bons livros. Vamos entrar e tomar um café.

Juliana acomodou os pais no sofá, serviu café e voltou ao tema.

– O que há de tão interessante no jornal de hoje?

Omar entregou o jornal à filha e tomou seu café, esperando a leitura de Juliana, que empalideceu.

– Mãe, nem sei o que dizer.

— Parece que você escapou de uma boa. A essa altura, casada com o calhorda, você seria fugitiva internacional.

— Mãe, uma vez escutei que a senhora tem o poder de prever as coisas. Será que é verdade?

— Deus me livre, isso é coisa de bruxa. O que eu tive foi só instinto de mãe. Sei que ficou chateada comigo e sei que eu nunca soube explicar por que não gostava do seu pretendente. Só sabia que ele não prestava e por não saber explicar, o jeito foi cortar o mal pela raiz.

Juliana deu um abraço na mãe e ambas se emocionaram naquele dia de pacificar o passado. Para o bem de todos, seis meses depois encontraram Lino no Paraguai, vivendo como rei numa mansão. Ele e a esposa foram presos. A polícia descobriu que em troca de uma vida nababesca, a esposa de Lino aceitou ser cúmplice do estelionato praticado contra o Banco Nacional.

Omar viu a notícia na antiga televisão de seletor, e chamou Joana para assistir. Ao fim da cobertura jornalística, o marido fez uma pergunta inquietante.

— Joana, você acha que a nossa fia, se fosse a esposa de Lino, teria denunciado o criminoso à polícia?

Ela olhava para o teto, alheia ao que via, mas atenta ao que ouvia.

— Omar, acho que sim, porque educação e caráter a gente ensinou até de sobra. Agora, uma coisa é a gente achar que os filhos vão tomar a atitude certa. E outra, bem diferente, é eles adotarem essa atitude. Na dúvida, prefiro repetir o que minha mãe dizia: se o mal da erva daninha pode ser extirpado pela raiz, por que cortar só o que a vista permite?

Vendo tudo aquilo pela ótica dos bastidores, Catarina teve a sua habitual conversa noturna.

– *Deus, quando eu for mãe, se eu for merecedora, por favor me dê essa habilidade de identificar o caráter das pessoas.*

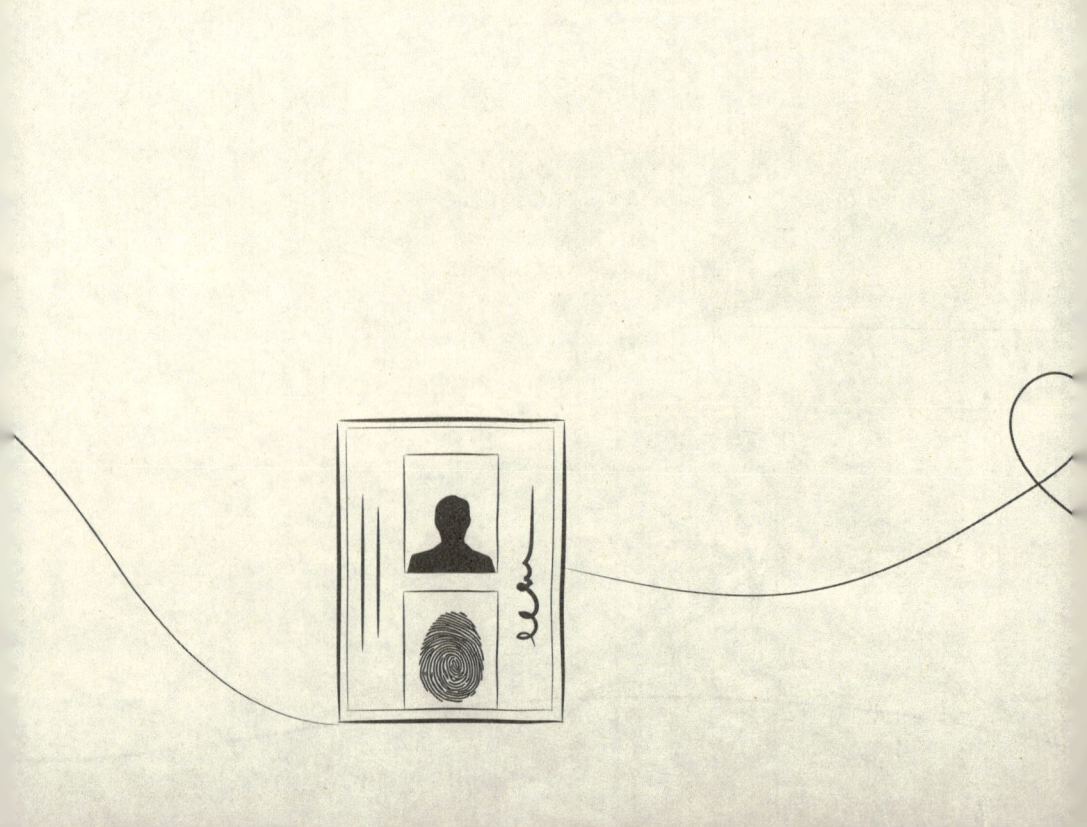

AJUDAR ALGUÉM SEM OLHAR A QUEM

"Há quem pense que o ser humano é diferenciado das demais espécies por ser capaz de pensar. Mas a verdadeira diferença é a capacidade de ajudar."

Foi marcante o dia do cinema. Foi quase um ano insistindo que a mãe permitisse uma ida à novidade de Rio Preto: a matinê do cinema na praça da matriz, que prometia ser o maior espetáculo da Terra.

Catarina conseguiu autorização, desde que fosse acompanhada de sua irmã Esmeralda, com uma orientação inegociável.

– Quero vocês em casa às 13h, em ponto. Nem um minuto a mais.

A sessão, prevista para ser encerrada às 12h45min, permitiria traçar o combinado. Da praça até a residência da família, cinco minutos bastariam. Entretanto, quis acaso dos acasos que o filme atrasasse exatos 15 minutos para começar.

Foi o suficiente para o caos. Quando chegaram, Da. Joana esperava no portão, vara na mão, indignação no olhar. Mesmo de longe, Catarina e Esmeralda viram a mãe batendo com a vara na palma da mão, a imaginar o que faria em seguida.

Da. Joana não quis saber de atraso, de inconveniente ou dos motivos de força maior que impediram as irmãs de chegarem ao horário estabelecido. Quis mesmo é castigar pelo atraso.

Esmeralda ficou em silêncio. Catarina, mais durona e bocuda, retrucou na primeira varada.

– Não doeu nadinha.

Na segunda varada, Joana quebrou a vara nas pernas de Catarina. E, com a vara quebrada, desanimou, suspendendo a surra. Virou as costas e entrou. Catarina ainda deu uma derradeira provocada.

– Só para a senhora saber, não foi culpa nossa. O filme atrasou.

– Saísse antes do fim, combinado é combinado. – disse a mãe, que não perdia a oportunidade de ficar com a última palavra.

Assim que a mãe entrou, Esmeralda quis saber o que ia na cabeça destrambelhada da irmã.

– Catarina, por que foi falar que não doeu? Ela bateu com tanta força que até quebrou a vara. Olha a marca na tua coxa.

– Eu sei. Provoquei porque vi que a varinha era fina e se quebraria. É melhor tomar uma lapada muito doída do que dez ou vinte lapadas pouco doídas. Ou não?

Esmeralda deu uma gargalhada.

– Catarina, você não bate bem das ideias, minha mana.

Ao entrar em casa, a mãe estava lavando louça. Catarina percebeu o olhar consternado de Joana. Toda vez que tomava uma surra, percebia que a mãe ficava meio chateada, arrependida. E se viu a pensar em algo que já dissera aos irmãos várias vezes.

– A mãe aprendeu assim. Passou a infância inteira apanhando. Como poderia ter carinho de sobra para dar se, em sua infância, nunca sobrou quem lhe desse?

Catarina pensava dessa maneira, inocentando a mãe, sempre levando em conta a época em que viveram, as circunstâncias, o todo da situação. Ao longo da vida, viu uma porção de amigas procurando psicólogo para perdoar os pais ou para entender a família. Mas terapia não era algo que se encaixava com facilidade em sua vida.

Tinha até uma frase dela, que os mais próximos escutaram várias vezes.

– Eu não guardo mágoa, sou magrela demais pra carregar esse peso!

Em compensação, o senso de justiça e o desejo de reparar algo eram para Catarina tão importantes quanto o oxigênio que respirava, razão pela qual ela ajudava a quem precisasse, sem nada exigir em troca.

Por exemplo: anos depois dessas coças recebidas, casada e de família constituída, Catarina recorria a Jamilton, o seu faz-tudo, pedreiro dos bons, quando precisava reformar ou consertar qualquer parte do casarão em que vivia, fosse elétrica, hidráulica, pintura ou qualquer trabalho. Apreciava tanto o serviço de Jamilton, que o indicou a um bocado de gente.

Certa vez, enquanto reformava um dos quartos do casarão, o rapaz, trabalhador e guerreiro, alguém que Catarina nunca viu perder um dia de serviço, a procurou bem cedinho. Estava pálido, gemendo de dor.

— Dona Catarina, hoje eu vou ter que faltar. Vim até aqui só para dar uma satisfação. Tenho um furúnculo que vai e volta há uns dez anos, inflama e vira uma coisa. Hoje eu tô desse jeito!

— Ué, não tem problema. Minha casa não vai sair do lugar. Quando estiver melhor, você volta. Foi ao médico resolver isso?

— Não. Pobre não tem convênio, dona Catarina. Até fui na Santa Casa de Misericórdia, mas não atenderam porque perdi o meu documento de identidade na semana passada, e como tava trabalhando, não tive tempo de ir até a delegacia.

Catarina ficou pensando em como poderia ajudar o rapaz. Naquele tempo, o documento de identidade era emitido pelas delegacias de polícia e demoravam até sessenta dias para serem entregues.

— Em qual lugar do corpo é esse furúnculo, Jamilton?

— É que... eu fico meio constrangido de dizer para a senhora.

— Ah, já entendi. É na região do escapamento.

Jamilton riu e colocou as palmas das mãos para cima, como se dissesse "fazer o quê"?

— Eu tive uma ideia. Espere aí.

Catarina chamou o motorista da casa, Pedro, que tinha mais ou menos a mesma idade.

— Pedro, hoje você vai fazer a maior boa ação da sua vida, porque a gente não pode deixar esse homem gemendo de dor sem fazer nada. Pegue o carro, por favor, que vamos até a Santa Casa de Misericórdia.

Chegando lá, combinou com Pedro que esse emprestaria sua identidade a Jamilton.

– Dona Catarina, isso não é crime?

– Ah, Pedro. Atire a primeira pedra quem nunca pecou por uma boa razão. Você empresta o documento, Jamilton passa no médico, pega uma receita e caso resolvido. Se fosse um hospital privado, vá lá. Mas é um hospital público. De toda forma, teriam que atender você ou ele, concorda?

Pedro deu o documento e Jamilton foi até lá, mesmo com receio.

O atendente fez a ficha e teve a impressão de que conhecia aquele paciente.

– O senhor por acaso esteve aqui hoje, mais cedo?

Jamilton ficou pálido e quase colocou tudo a perder. Catarina interveio.

– Não, senhor. Estamos vindo de longe. Se puder agilizar o atendimento, a gente agradece, que ele está sentindo muita dor.

O rapaz concordou. Dificilmente alguém conseguia dizer não para Catarina. Preencheu a ficha e encaminhou Pedro com urgência à triagem. Sentaram-se na sala de espera o motorista e Catarina. Passaram-se trinta minutos e nada. Ela virou-se para o companheiro de espera e fez uma pilhéria daquelas.

— Pedro, é melhor você rezar para o Jamilton sair vivo aí de dentro, viu? Afinal, se ele morre, você também morre.

O motorista empalideceu.

— A senhora nem por brincadeira diga uma coisa dessas. Já imaginou eu sair daqui com um atestado de óbito nas mãos?

— Deixa de ser bobo, Pedro. Já viu alguém morrer de furúnculo? A esta hora, o médico tá espremendo para retirar o carnegão. Daqui a pouco Jamilton sai de lá zerado. Pelo sim, pelo não, vá até o balcão perguntar.

Pedro voltou no instante seguinte, com a informação.

— Acho que a senhora tá certa. A moça disse que a equipe da Santa Casa tá fazendo um pequeno procedimento e colocando um dreno no tal furúnculo.

Duas horas depois, deixaram a Santa Casa de Misericórdia. Em sua ingênua vontade de ajudar, Catarina nem percebeu que a lei poderia interpretar aquele feito como falsidade ideológica, que foi exatamente o que o seu filho Paulinho disse, ao saber da história.

— Mãe, mãe... apresentar documento falso em órgão público? Isso dá cadeia.

– Fazer o quê, Paulinho? Eu não vou ficar pensando em certo ou errado, permitido ou proibido, se o assunto é ajudar alguém a não sentir dor.

Jamilton não se cabia em gratidão, tanto ao Pedro quanto à Catarina. Ele, pelo documento emprestado. Ela, pela ideia inusitada.

Não foi a única vez que o pedreiro foi salvo pelas peripécias dela. Se naquele dia ela "salvou o couro" do amigo prestador de serviço, outrora precisaria salvá-lo do cárcere.

Algum tempo depois, devidamente curado – como dizia Catarina, do escapamento – Pedro fazia a reforma de um hotelzinho na região central de São Paulo, no bairro da Luz, região conhecida por "boca do lixo", que reunia traficantes, usuários de droga, garotas de programa e clientes típicos de todos esses serviços. Atraídos pelos clientes que andavam com dinheiro em espécie, também ficavam por ali bandidinhos, golpistas, punguistas[3] e aviõezinhos do tráfico.

Trabalhando à noite e responsável pelo hotel desativado para a reforma, Jamilton ia tocando sua obra, quando uma prostituta surgiu e pediu para levar clientes àquele espaço, prometendo que daria algum dinheiro a Jamilton. Responsável, ele recusou.

– Sinto muito, estou responsável pelo imóvel e não posso deixar que ninguém use.

---
[3] Batedores de carteira.

A prostituta foi embora, praguejando, e na noite seguinte, preparou uma armadilha. Ficou de tocaia enquanto Jamilton trocava de roupa para trabalhar na obra e assim que o viu subir as escadas, não teve dificuldade para forçar a janela gasta pelo tempo. Entrou, procurou as roupas do rapaz, escondeu entre as peças uma boa porção de maconha e foi embora. Não demorou e Jamilton, do terceiro andar, viu uma movimentação de carros de polícia, com seus luminosos e suas sirenes. Nem estranhou, porque na boca do lixo, a todo instante, a polícia era chamada para resolver imbróglios entre bêbados frequentadores e seus fornecedores. Mas, para a sua surpresa, foi na porta do hotel que os policiais bateram.

Através de uma "denúncia anônima", isto é, a ligação da prostituta que desejava vingar-se, a polícia procurou embaixo do balcão e lá estava a droga, no meio das roupas dele, exatamente onde a denúncia reportava.

Jamilton foi preso, acusado por tráfico de drogas. Ao sair algemado, olhou para a rua e lá estava a prostituta, com o sorriso mais despudorado do mundo. Só então se deu conta da cilada.

Ele, que não bebia, não fumava, nem tinha vício algum, agora era acusado de vender drogas.

Notícia ruim chega rápido. No dia seguinte, Catarina viu no jornal a foto de um traficante preso na boca do lixo. Quase caiu para trás ao ver que o protagonista do jornal era o seu amigo faz-tudo, um homem que há tantos anos trabalhava na casa dela.

– Eu vou lá!

Mauricio, seu marido que aprendeu a ser prudente desde os tempos em que eram donos de um estacionamento, contestou.

– O que você vai fazer numa delegacia de polícia, se nem ao menos é parente do acusado, Catarina?

– Mauricio, eu vou. Ora bolas. O homem carregou tijolo para nós por muitos anos, é um cara honesto e trabalhador. Preciso ajudá-lo, e se eu puder tirá-lo de lá, vai ser agora mesmo!

Chamou Pedro, o motorista, entrou no carro e partiram para o 3º Departamento de Polícia, uma das delegacias mais famosas das páginas policiais, na rua Aurora.

Chegando lá, contou para o delegado que o conhecia, que desejava vê-lo para entender o que acontecera, e afirmou que o acusado era um rapaz digno.

Autorizada e conduzida a visitá-lo, durante a triagem Catarina se indignou quando a agente pediu que tirasse a blusa para a revista pessoal.

– Olha, moça. Eu respeito o seu distintivo, viu? E torço para a polícia pegar o ladrão. Vocês são meus heróis, mas por favor, onde já se viu? Pedir que eu tire a roupa? Sou uma mulher casada e temente a Deus. Acha que eu viria numa delegacia escondendo qualquer coisa errada debaixo das roupas?

O velho e enigmático carisma de Catarina foi o bastante.

— É o nosso protocolo, porém vejo que a senhora é uma pessoa de bem. Pode seguir para a sua visita.

Ela obedeceu e tratou de ir em frente, antes que a outra mudasse de ideia. Conversou por um bom tempo com Jamilton, que contou todos os detalhes.

— Dona Catarina, a senhora me conhece há anos. Eu nunca seria capaz de uma coisa dessas. Detesto drogas.

— Eu sei, rapaz. Eu sei. Vou contratar um advogado criminalista para tirar você daí.

— Poxa, eu nem sei como agradecer. Não tenho muito dinheiro, mas o que a senhora gastar, eu pago em serviço, nem que precise construir um palácio, do chão ao teto, para qualquer pessoa de sua família.

— Deixe disso, homem. Isso lá é hora de falar de dinheiro? Vamos tratar da sua soltura.

— Por favor, dona Catarina, não fale nada para o meu pai.

— Não, fique tranquilo. Mas tem alguém de sua família que possa ajudar? Você tem um irmão que é da polícia militar, certo?

Jamilton confirmou e passou o telefone do batalhão, mas deixou claro.

— Eu não sei se vão deixá-lo atender o telefone em serviço.

Saindo da delegacia, ela telefonou e ficou imaginando o que diria para que os oficiais de seu irmão o deixassem atender o telefone. Teve uma ideia, e pensou:

Deus, me perdoe, mas vou precisar de uma mentirinha para resolver essa situação!

Telefonou para o batalhão da Polícia Militar e, uma vez atendida, colocou em prática o pecado para o qual acabara de pedir perdão antecipado.

— Boa-tarde, senhor! Eu gostaria de falar com o Segundo Sargento Gerson Alencar, por favor. É urgente.

— Infelizmente, policiais não podem atender o telefone. A senhora gostaria de deixar um recado?

— Não. Como eu disse, é urgente. Estou falando do Instituto Médico Legal e só tenho autorização para falar com o Sr. Alencar, de modo que não posso deixar recado.

Não foi necessário aguardar mais do que três minutos.

— Gerson, é a Catarina. Tive que falar que era do IML para que você pudesse atender. Tenho um problema a resolver para salvar o seu irmão de um grande problema, mas precisa ser agora. Você pode vir até minha casa?

Gerson pediu licença no trabalho e foi. Escutou a história, fez o possível para ajudar discretamente nas investigações, e descobriu que a prostituta que incriminou seu irmão desapareceu sem deixar rastros. Talvez tivesse voltado para Goiás, sua terra natal, como disseram os colegas da prostituta. Quem haveria de saber o seu destino?

Investigando, Gerson só descobriu que atendia pelo nome de guerra Samantha.

Voltou até Catarina e disse a verdade.

– Catarina, o jeito será a tentativa de libertação por meio dos depoimentos e do bom trabalho de um advogado.

Começaram as idas e vindas do processo, que teve seu desfecho até com certa rapidez, três meses depois. Catarina esteve em todos os momentos. Ao chegar à terceira e decisiva audiência, encontrou o promotor do caso na recepção, que foi bem ríspido.

– Daqui a pouco começa a sessão. A senhora fica aí defendendo traficante, viu? Depois não reclame se, um dia, seus filhos e seus netos fizerem coisa errada.

– Em primeiro lugar, estou defendendo um inocente. E quanto aos meus filhos e netos, o senhor fique tranquilo, cuido eu. Duvido que um dia conhecerão a sala de um juiz.

O homem resmungou qualquer coisa e foi se preparar para a audiência. Chamada a testemunhar, ela teve a chance de defender o amigo das acusações infundadas.

– A senhora conhece o acusado há quanto tempo?

– Ele presta serviços lá em casa há anos. Meritíssimo, eu tenho quatro crianças e nunca colocaria um traficante dentro de meu lar. Posso atestar que o Sr. Jamilton Alencar é um homem do trabalho pesado. E se o senhor não acredita, peça para ele mostrar as mãos e verá que são as mãos de um pedreiro e não de um bandido.

O juiz gostou do argumento dela, mas devolveu.

— Senhora, não me entenda mal. Estou há anos nesta cadeira e vi tanto trabalhador que não resistiu ao dinheiro fácil e entrou para o banditismo...

Catarina não deixaria sem resposta.

— Imagino que o senhor ainda vai ver muita gente fazendo isso e espero que Deus lhe dê saúde para colocar mais e mais criminosos na cadeia. Porém, Meritíssimo, esse homem atrás das grades seria o maior erro que a Justiça já cometeu. Não demora muito e a verdade viria à tona, fazendo o Estado ter que se desculpar por prender um trabalhador vitimado pela esperteza de alguém que só queria prejudicar o rapaz.

— E como a senhora pode dar tanta certeza, se não estava lá?

— Por um motivo bem simples. Contratei um detetive particular, que conseguiu as imagens de um comércio vizinho ao hotel. Dá para ver o momento certinho que a Samantha entra no hotel pela janela, com o pacote da droga encontrada, e sai logo em seguida, correndo. Menos de vinte minutos depois, a polícia chega com as viaturas e prende esse pobre coitado.

— E onde está o vídeo, a fita com essas imagens?

— Bem aqui, ó! – abriu a bolsa, tirando a fita que salvaria o amigo. Mas o promotor insistiu na acusação.

— Protesto, Meritíssimo. Essa prova não está elencada na lista de provas e oitivas.

– Protesto recusado, mas que se faça constar nos autos a sua reclamação.

O juiz pediu um recesso e, na volta, todos assistiram ao vídeo. Jamilton foi inocentado de todas as acusações. A polícia abriu uma segunda investigação para descobrir quem era Samantha, a prostituta desaparecida.

Mais tarde, ele passou na casa de Catarina para conversar.

– Quanto lhe devo, minha amiga?

– Nada. O seu irmão pagou pelo advogado.

– Mas... e o detetive?

– Esse eu paguei, Jamilton, fique tranquilo. Preste atenção: não faço nada para alguém esperando qualquer coisa em troca. Vá viver sua vida, rapaz!

Naquela noite, contando os detalhes do acontecido para o marido, ouviu de Mauricio uma declaração diferente, ao estilo dele:

– Você é uma das mulheres mais doidas e justas que esse mundo já viu!

Por sua vez, ela teve a sua conversa diária.

– Deus, obrigado por salvar esse rapaz. Nem vou pedir para colocar o crédito dessa boa ação no meu extrato divino, porque estou certa de que tem dedo Seu no desfecho dessa história...

VENDE-SE

VENDE-SE UMA AULA DE RESPEITO AO CLIENTE

"Tem gente que foca o processo e investe toda a energia em produto, preço, custo, compra, venda e lucro, mas se esquece do personagem principal, o cliente."

Avançando no tempo, vamos continuar conhecendo o futuro daquela adolescente que jogava pedra nas almas e enviava cartas de amor para conectar corações prometidos.

No tempo em que já era casada, mãe e avó, Catarina foi até uma imobiliária feliz da vida, interessada em uma propriedade. Era um dia de semana e, convenhamos, uma visita à imobiliária não prevê a necessidade de figurino deslumbrante. Vestia-se com relativa simplicidade.

Chegou com o seu jeitão carismático e deu bom-dia a todos que encontrou pela frente, inclusive para a recepcionista, a quem perguntou sobre o imóvel.

– A senhora pode subir. É com o Armando, responsável pela venda dos nossos imóveis de alto padrão.

Catarina subiu as escadas, acompanhada pela simpática profissional, que a levou até a mesa do corretor. De início, Armando foi a personificação da gentileza. Ofereceu café – que Catarina recusou porque só tomava descafeinado e, para quem perguntava o motivo, ela dizia que "era já louca o suficiente sem cafeína" – e perguntou como ela estava, para quantas pessoas seria o imóvel desejado, o que tinha em mente a respeito da construção que desejava e, por último, se chegara a olhar os imóveis disponibilizados pela imobiliária. Ela sorriu e disse que sim, revelando a propriedade que a levara até ali.

Armando levantou-se, pegou mais um café para si e, de pé que estava, olhou para a cliente simples sentada diante dele, que trazia em suas mãos duas sacolinhas plásticas de alface. Lembrando como o seu dia estava cheio. Precisava vender, pensou que não poderia perder tempo. Subitamente, o semblante de Armando mudou e tratou de oferecer opções. Virou a tela do antigo computador para a cliente, teclou algo e fotos surgiram na tela.

– O imóvel que mencionou é de alto valor agregado. Eu tenho esta outra. Imagino que esteja mais de acordo com o que a senhora deseja.

– Sim, e qual é o valor do imóvel que eu quero?

Armando coçou o queixo. Até uma criança perceberia que estava incomodado.

– Deixemos esse de lado um pouquinho. Vou mostrar outros, para ampliar o seu leque de escolhas.

– Não. O senhor não entendeu. Eu não vim procurar ofertas de imóveis. Entrei em sua imobiliária disposta a ver só aquele imóvel que comentei.

Acabaram a paciência e a cortesia inicial no atendimento do corretor.

– É que aquele, com toda sinceridade e espero que me perdoe por dizer isto, eu nem quero ofendê-la, mas é um imóvel muito, muito caro. A senhora entende? É destinado a quem pode dispor de sete dígitos.

Catarina levantou-se, agradeceu e saiu.

— Espere, a senhora não gostaria...

Ela nem respondeu. Desceu as escadas de dois em dois degraus, querendo sair da imobiliária o mais rápido possível.

Ocorre que, desde criança, carregava a persistência como uma de suas maiores características. Conversou com outra imobiliária que havia se responsabilizado pela venda daquele imóvel.

Em questão de poucos dias, o negócio estava concluído. Catarina deu a seguinte instrução ao corretor da imobiliária pela qual fechou a compra do imóvel de alto padrão:

— Pode manter a placa de vende-se da sua imobiliária. Quero vender a casa.

O corretor não entendeu nada.

— Como assim? A senhora acabou de comprar.

— Bom, o senhor sabe quanto eu paguei. Se aparecer uma oferta bastante lucrativa, eu vendo o imóvel recém-comprado. Mas a minha ideia não é vender de imediato, sabe? Quero escutar as propostas, avaliar com calma, sem a menor pressa. Afinal, esse tipo de venda pode levar anos. Você aceita ter a sua imobiliária à frente dessa nova e futura venda?

— Aceito, claro que sim. A casa é sua e a senhora pode fazer o que quiser.

— Então é assim que vai ser, mas tem uma condição.

– E qual seria? – quis saber o corretor.

– Quero que o senhor mande arrancar de lá, agora mesmo, a placa "vende-se" da outra imobiliária, sua concorrente.

– Isso a gente pode fazer imediatamente.

Apertou a mão do corretor e deixou sua sala. A caminho de casa, refletiu no que fez. Não tinha a menor intenção de vender a casa. Queria mesmo era receber um telefonema, que aconteceu naquela mesma tarde.

O corretor Armando, o mesmo que a atendera, não pensou que a Catarina compradora daquele imóvel, cujo negócio ele perdeu para o concorrente, fosse a mesma Catarina que o visitara, dias antes, com sacolinhas de alface nas mãos, à procura de uma casa caríssima. Ao perceber que Armando desconhecia que era ela a compradora, deixou que o corretor explicasse o motivo da ligação.

– Boa-tarde, Catarina. Pelo que fui informado, a senhora comprou recentemente um imóvel da Rua Cardoso, correto?

– Sim, comprei.

– Poxa vida, foi uma pena que não veio falar comigo antes. Em nossa imobiliária, eu teria conseguido um desconto maior ou até mesmo algum benefício nos detalhes da venda.

– Ah, é? Pelo jeito perdi uma boa oportunidade.

– Perdeu sim e por isso estou ligando, para que a senhora não perca outra. Soube que deseja vender o imóvel em médio prazo. Só não entendi o porquê de ter pedido que retirassem a oferta de nossa imobiliária. Tenho vinte anos de experiência em imóveis de alto padrão e posso conseguir um valor melhor. A senhora aceita recolocar o imóvel em nosso portfólio?

Catarina fez uma pausa dramática, respirou e respondeu.

– Quem te passou o meu telefone?

– Bom, isso eu não posso dizer. Tenho bastante experiência no mercado. Conversei com algumas pessoas e consegui o seu contato.

– Sabe o que é, Sr. Armando? Vou ser bem sincera. Eu acho que aquele imóvel, com toda sinceridade, e espero que me perdoe por dizer isso, eu nem quero ofendê-lo, mas é um imóvel muito, muito caro. O senhor entende?

Catarina pensou que fosse o suficiente para ele se tocar, mas Armando não entendeu a ironia.

– Justamente por isso eu liguei. O meu forte é vender imóveis como o seu. Poderia nos dar essa chance? Se a senhora autorizar, vou agora mesmo recolocar a nossa placa de vende-
-se no imóvel e marcamos uma visita sua na imobiliária, para um café. Conheço um empresário que toparia fazer uma oferta. Que tal?

– O senhor ainda não entendeu. Lembra daquela mulher que esteve diante do senhor, e que praticamente foi enxotada de sua sala, só porque olhou para minhas sacolinhas de feira e julgou que eu não teria condições de comprar o imóvel da Rua

Cardoso? Sou eu. Fui até o seu concorrente e agora o imóvel é meu. Não vou liberar minha casa. Mas sou boa cidadã e se o senhor quiser, eu lhe pago um cursinho de boas maneiras e outro de vendas. Quem sabe assim o senhor aprende a não julgar um livro pela capa?

Foram só três ou quatro segundos daquele silêncio que parece durar uma vida, até que Armando falou.

– Eu... bem... não é que julguei a senhora. Talvez tenha interpretado mal o que a senhora desejava. Mas está em tempo de corrigir o meu erro.

– Olha, Sr. Armando, se eu fosse uma pessoa má, levaria o caso até o dono da imobiliária. Só não faço isso porque poderia comprometer o seu emprego.

– E a senhora não poderia me perdoar pela falha?

– Eu não guardo mágoa, sou magrela demais pra carregar esse peso. Mas não tolero gente preconceituosa. Quando o senhor passar na Rua Cardoso, olhe bem para aquele casarão, pense na gorda comissão que perdeu e, da próxima vez, respeite a pessoa que se sentar diante de sua mesa, tenha ela dinheiro para comprar um imóvel pequeno ou um palácio. Entendeu?

– Sim, senhora. Me desculpe por... –Catarina não permitiu que continuasse.

– Não precisa mais se desculpar. Passar bem, Sr. Armando!

Ela não ouviu, mas do lado de lá, Armando deu um soco na mesa, que fez todos da imobiliária perguntarem o que tinha acontecido.

– Nada, só perdi um negócio. – foi a resposta dele para os colegas.

Na semana posterior, Catarina telefonou para a outra imobiliária, disse que mudou de ideia, pediu que retirassem a placa de vendas e começou os preparativos da mudança para o imóvel que naquele tempo representava os seus sonhos.

Ao dormir, fechou os olhos e rezou.

– Deus, me perdoe se fui vingativa, mas fiz por uma boa causa. Aquele homem precisa ser mais respeitoso, e se eu não fizesse nada, ele repetiria a mesma indelicadeza com outros clientes. Tomara que o Senhor possa me desculpar.

E dormiu o chamado sono dos justos, sem qualquer nota de arrependimento.

A FEIRA LIVRE, UMA LIÇÃO DE VERDADEIRO ALTRUÍSMO

"Tem gente que ajuda alguém e corre até as redes sociais, para postar e mostrar ao mundo o que fez. Mas tem gente que ajuda e faz questão do anonimato. Dentre os dois perfis, adivinhe qual está mais comprometido com a ajuda prestada e a pessoa ajudada."

Noutro sopro de tempo cuja intensidade pouco importa, dado o fato de que as histórias são narradas por ordem de inspiração, e não por ordem de data (afinal, a nossa vida é bem mais do que um mero arquivo cronológico), Catarina já vivia no último dos casarões que testemunhariam sua passagem pela Terra.

Adorava o lugar, que resistia ao tempo como uma das poucas construções horizontais naquele bairro verticalizado de Higienópolis, um dos últimos redutos charmosos da região central de Sampa.

Na rua desse casarão, onde viviam Catarina e família, da mesma forma que o casarão, uma feira livre resistia ao tempo e às tentativas de alguns vizinhos, que volta e meia surgiam com um abaixo-assinado para retirar os feirantes dali.

Enquanto os vizinhos entravam em pé de guerra com a turma da feira, Catarina os acolhia, gostava de ver o esforço dos trabalhadores incansáveis, que chegavam lá pelas três da madrugada e partiam cerca de doze horas mais tarde. Empática, permitia que os feirantes usassem o banheiro social de seu lar e até que esquentassem suas marmitas na cozinha.

Uns mais próximos e outros mais distantes, tinha feirante que até confidenciava suas agruras e alegrias para ela, ótima ouvinte. Normalmente, tinha mais amizade com as barracas próximas do casarão. Quanto aos que montavam a barraca ao término da feira, no fim da rua, cumprimentavam-se de longe, mas se conheciam. Não havia sequer um feirante que não soubesse quem era e onde vivia a nossa gentil protagonista.

Quando os feirantes reclamavam para ela dos vizinhos Beltrano ou Sicrano que tentavam tirá-los de lá por força da lei, ela oferecia amizade e apoio.

— Fique tranquilo. A pessoa quer que você saia daqui, mas a empregada dela está presente em todas as feiras, para abastecer as sacolas e a geladeira. Pra mim, o nome disso é hipocrisia. — e juntos, os feirantes e Catarina davam risada da situação.

Até que um dia, por meio da liminar que os vizinhos conseguiram na Justiça, a fiscalização chegou ao lugar. Os fiscais saíam pedindo licença a cada feirante e exigindo o desmonte das barracas, tudo sob o olhar vigilante dos vizinhos queixosos. Catarina viu um homem de terno no meio dos fiscais.

— Vem cá, por acaso o senhor é responsável por esse circo aqui?

Os feirantes conheciam Catarina o bastante para imaginarem que ia dar uma boa briga verbal. Assim que a viram peitar o figurão, se juntaram ao redor dela.

— Sim, eu sou a autoridade política, representante dos moradores que estão cansados dessa bagunça. A liminar de hoje coloca fim à feira. Semana que vem, veremos se a decisão prevalece ou se há de mudar. Por enquanto, esse povo deve deixar a rua.

— Pra mim o senhor tá é caçando voto, isso sim, porque é ano de eleição. Quer saber de uma coisa? Eu pago IPTU do imóvel em dia. Os feirantes que estiverem na calçada de minha casa não precisam retirar suas barracas.

O homem não deixou por menos.

– A senhora por acaso sabe com quem está falando?

– Estou falando com um homem que tem os mesmos direitos e deveres de cidadão que eu, não importa quem seja.

– Percebo que não conhece leis, minha senhora. O imposto que a senhora paga tem validade do seu portão para dentro. Da calçada para fora, é patrimônio público e estamos aqui amparados pela lei.

– Lei? Esse povo é trabalhador. Enquanto o senhor dorme, eles montam a barraca pra ganhar o pão. Onde já se viu?

– Chega dessa discussão. Com licença, senhora!

– Tá, pode ir. Como o senhor perguntou se eu sabia com quem estava falando, talvez tenha esquecido quem é. Se precisar de ajuda, encoste no meu portão e vamos chamar a ambulância para socorrer o pobre doido esquecido.

O homem saiu bufando. Um dos feirantes mais antenados perguntou se ela sabia de quem se tratava.

– Não faço a menor ideia, só sei que é político atrás de voto. Conheço esse povo!

– Ele é empresário e político, sobrinho-neto de um barão que fez história em São Paulo. – e cochichando, o feirante disse para Catarina o nome da autoridade (que obviamente será suprimido aqui, para não denegrir a imagem de ninguém).

– Ah, e por acaso barão não precisa fazer as mesmas coisas que todo mundo faz? Não fede, não solta pum, faz xixi? Esse povo acha que tem sangue azul, pois eu acho que tem é sangue de barata mesmo. É cada uma...

De todo modo, a lei existe para ser cumprida, ainda que Catarina heroína não curtisse as decisões magistradas. Uma semana depois, a liminar foi derrubada e a feira estava de volta, para desespero dos vizinhos reclamantes e alegria dos que se acostumaram àquele movimento, que aos olhos de Catarina dava até um toque humanístico, uma espécie de calor humano para aquelas quadras marcadas por edifícios e sombras.

Enquanto esses bastidores e movimentos "fica-feirante" e "sai-feirante" desenhavam a rotina do bairro, uma das principais emissoras de televisão do país destacou sua equipe de reportagem, a fim de registrar a rotina e as dificuldades dos feirantes para exercerem sua função, evidentemente de olho na contenda entre os moradores da rua e a força sindical da categoria, que representava os feirantes juridicamente.

Adivinhe qual feira a mídia escolheu para a matéria?

Sim, isso mesmo. A feira livre na rua de Catarina.

Bernadete trouxe o recado.

– Dona Catarina, a Sônia da barraca de frutas está aqui.

Sendo dia de feira, Catarina imaginou que a feirante queria conversar. No entanto, Sônia foi ludibriada. Astuto, o jornalista encheu os seus olhos. Ao perceber que Sônia conhecia

Catarina, a usou para entrar no belo casarão e fazer uma tomada ao vivo. Depois, Sônia até confessaria à amiga como foi o acontecido.

— Ele me perguntou se algum morador da rua era gentil conosco. Daí eu disse que só a senhora nos abria a porta. Então, o repórter me pediu para trazê-lo até o seu portão e, chegando aqui, mandou que eu ficasse em um canto, e esperasse que fosse chamada para tirar uma foto com a senhora. Eu não vi maldade e obedeci.

Porém essa foi uma explicação que Sônia só deu depois. Agora que o *spoiler* foi dado, voltemos ao exato instante em que o jornalista tentava fazer a tomada ao vivo. Assim que Catarina abriu a porta, imaginando que receberia apenas Sônia, o repórter abriu o microfone e foi falando ao vivo para o programa matinal da época, comandado por uma senhora e seu bicho de estimação "*fake*".

— Estamos aqui no bairro de Higienópolis, para relatar a difícil vida dos profissionais de feira livre. Nessa casa, ficamos sabendo que vive uma benfeitora que acolhe os feirantes, oferecendo banheiro e cozinha para as suas necessidades. Vamos falar agora com a dona...

Ela não permitiu ser filmada.

— Vocês vão é sair da minha casa, caralho, que não foram convidados. Onde se viu ir invadindo assim, sem anunciar, sem pedir autorização? Sim, eu ajudo os feirantes, mas quem faz o bem não precisa reportar para a imprensa. Por favor, pode ir, vai andando...

Assim, aos poucos, Catarina foi expulsando operador de câmera, jornalista, assistentes e cada um que compunha aquela invasão. Sônia, a feirante das frutas, tentou ajudar.

– Dona Catarina, eles só querem fazer uma entrevista.

– Que entrevista coisa alguma. Se quer entrevistar, que peça autorização antes. Estão confundindo as pessoas. Aqui é a casa da dona Catarina e não da mãe Joana.

A tomada ao vivo foi suspensa nas primeiras reprimendas. A equipe de reportagem ainda tentou seduzir Catarina pela simpatia. Não adiantou nada.

Daquele dia em diante, a notícia correu de boca em boca na feira. Catarina tinha colocado a "rede de televisão x" para correr. Se antes gostavam dela pela ajuda e empatia com os seus pares, agora viam Catarina como a heroína da rua. Tinha feirante que não queria nem cobrar os produtos, e para esses, a sua fala era bem direta:

– É o seu sustento. Você faça-me o favor de cobrar pelo que devo!

No caso de Sônia, preocupada pela sensação de ter traído a amiga, procurou se desculpar na feira da semana posterior, assim que a viu.

– Catarina, eu não tinha ideia que você detestava abrir sua casa para a reportagem. Ao levar o repórter, não fiz por mal. Será que pode me perdoar?

– Sônia, eu não tenho nada contra jornalista sério. E não se preocupe. Aquele tipo de repórter finge que deseja ajudar os feirantes e, na verdade, só quer mostrar que vocês estão incomodando. Com certeza, vieram a pedido dos meus vizinhos, que são bem relacionados, conhecem o povo da mídia e sugeriram a pauta. Você continua bem-vinda em minha casa, e se esse jornalista reaparecer, assim que chegar, pegue a banana prata e...

– Catarina...

– Ah, é verdade. Quase exagerei. Ofereça uma dúzia de banana prata a ele.

E riram até a gargalhada. Aqueles dias de confusão jurídica chegaram ao fim. Mais tarde, emissoras de televisão concorrentes tentaram fazer uma reportagem com Catarina. Ela nunca topou e o motivo não mudava.

– Para fazer o bem, não precisa sair na televisão, com uma melancia na cabeça!

Naquela noite, teve sua conversa.

– Meu Deus, eu não tenho nada contra jornalista, só não suporto gente que ajuda um, prejudicando o outro. Nem gosto de ficar alardeando a ajuda que dou. O Senhor entende, né? Nunca o vi exigindo o crédito por ter ajudado esta ou aquela pessoa. Não quero me comparar ao Senhor, porém não quero créditos. Ajuda a gente dá, não vende, não empresta, nem condiciona. E veja se pode quebrar o meu galho, me desculpar pela discussão com aquele político almofadinha. Eu acho que...

E dormiu sem terminar sua conversa com o divino. Aposto que Deus ficou curioso para saber o que ela ia dizer, antes de adormecer.

É MACUMBA BOA, NÃO É?

"A arrogância sempre resulta num alto preço a ser pago."

Na mesma toada, artistas estiveram próximos de Catarina. Quisesse ela ou não, a vida os avizinhava com naturalidade. Não ficou surpresa ao saber que um famoso ator das novelas comprara a propriedade vizinha à sua.

Todos sabem que artistas podem ser extravagantes, reservados, pragmáticos, supersticiosos, cheios de manias e características que acompanham a palavra "demais".

Não foi diferente com esse artista, que chamaremos, para efeito de personagem da obra, de Rodrigo. Homem bonito, alto, forte e charmoso, derretia o coração das fãs Brasil afora.

Rodrigo era gay, mas escondia sua opção. A exemplo dos artistas daquele tempo, não revelava sua identidade sexual por medo de ser julgado, já que os seus papéis nas novelas eram de heterossexuais conquistadores.

Ainda restavam algumas primaveras para que o Brasil respeitasse mais a diversidade sexual. Fomos, por um bom tempo, uma nação que tornava pária quem destoasse do modelo convencional-heterossexual, e Rodrigo vivia esse dilema, embora todos os seus vizinhos soubessem de sua preferência, pois se ele escondia da mídia, escancarava namoros e flertes aos olhos da vizinhança.

O problema de Rodrigo, no entanto, estava longe de ser sua homossexualidade não declarada. Isso todos toleravam, embora alguns mais conservadores achassem um escândalo. O que deixava Catarina incomodada com o seu vizinho famoso era uma característica em particular, que inclusive seguia aquela linha explicada no início deste capítulo: era um cara "arrogante demais".

O homem parecia ter o rei na barriga, como se dizia à época. Discutia com vizinhos por causa de carro estacionado longe da calçada, como se fosse um guarda de trânsito.

Pegava no pé das crianças da rua que, segundo ele, eram barulhentas demais para os seus delicados ouvidos de artista.

Teve até uma ocasião em que Rodrigo passeava com o namorado e discutiu com a vizinha porque ela passou por eles usando uma saia curta demais (Rodrigo não gostou porque o seu namorado deu uma boa olhada no corpo da moça).

De assunto em assunto, Rodrigo parecia disposto a procurar problemas com vizinhos, ainda que não existissem. Agia tal qual aquela personagem das histórias em quadrinhos do grande Mauricio de Sousa, a Mônica: queria ser o dono da rua ou, como diria Cebolinha, outro personagem traquinas de Mauricio, o dono da lua.

Não demorou para que Rodrigo ignorasse a dica do Serginho, um rapaz que limpava a piscina de sua casa (que no futuro revelaria para Catarina a dica que deu ao ator):

– Seu Rodrigo, eu limpo a piscina de vários vizinhos. O senhor não fique bravo comigo, mas preciso dizer. A vizinhança reclama que o senhor briga com todo mundo. Vou dar uma dica, viu? Esta senhora que mora aí do lado da sua casa, a Dona Catarina, não leva desaforo pra casa. Tome cuidado com ela!

Rodrigo não gostou da reprimenda do limpador de piscinas, e demitiu o rapaz, que se vingou contando a todos os clientes a bronca que dera no ator.

E lá veio o ator, procurar encrenca com a única vizinha que até aquele momento escapara dos seus achaques, Catarina.

Aconteceu num domingo ensolarado. Rodrigo tocou o interfone e pediu para falar com ela. Bernadete anunciou a inesperada visita.

– Posso deixar ele entrar?

– Bernadete, você faz ideia do que esse homem quer comigo?

– Eu não sei, mas ele é tão bonito, dona Catarina. Será que eu posso pedir um autógrafo? Será que ele me daria um abraço? Será que ele tem namorada?

– Tente a sorte. Saiba que esse homem gosta de homem, viu? Mas isso é da conta dele. Leve-o até a sala e sirva um café para nós, por favor. Cuidado com o que diz, porque a fama dele é de grosseirão.

Bernadete saiu e voltou dois minutos depois.

– Dona Catarina, ele disse que não quer entrar. A senhora tinha razão, ele é antipático mesmo. Pedi um autógrafo e o desaforado disse que não daria porque empregada não sabe nem ler. Acredita nisso? Vou contar para todas as minhas amigas que assistem às novelas dele e morrem de amor. Que sujeitinho!

Catarina contemporizou.

– Não fique triste, Bernadete. Eu vou até o portão falar com ele e uma hora dessas, a vida dá um jeito nessa indelicadeza.

Bernadete voltou aos afazeres e sua patroa foi até o portão, atender a estrela cadente.

– Pois não, vizinho. Boa-tarde! Bernadete disse que não quis entrar.

– O que eu tenho para falar é rápido e, além disso, não entro na casa de quem não conheço.

Ela respirou fundo e segurou a vontade de mandá-lo àquele lugar.

– Pode dizer o que deseja.

– Tá vendo aquela sua janela?

– Sim. O que tem ela?

– A sua janela dá de frente para a minha sala de jogos, um ambiente onde gosto de ter privacidade para receber os amigos. A senhora poderia mandar fechá-la? Eu pago o que for preciso.

– Como é? O senhor quer que eu desista de uma janela em favor da sua privacidade? Quando se mudou para cá, não visitou o seu imóvel? Não reparou que minha janela estava lá?

– Acho que nem reparei, só que agora me incomoda. A senhora pode dar um jeito? Quer que eu chame um engenheiro ou pedreiro para fazer o serviço? Naturalmente, estou disposto a pagar uma quantia por esse pequeno incômodo.

– Primeiro, mesmo que a minha janela dê para o seu salão, eu não tenho o menor interesse em olhar o que fazem. Segundo, a casa é minha e quem manda sou eu. Terceiro, o senhor foi rude com a nossa empregada que só queria um autógrafo. Eu não vou fechar janela alguma.

– É sua última palavra?

– Claro que sim. Onde já se viu? O senhor todo galante e simpático nas novelas, daí chega aqui na vida real e quer mandar em todo mundo, até dizer se devo ou não ter janela? Crie vergonha na cara, o senhor não teve educação na infância não, é?

– Já vi que não tem negócio com a senhora. Muito obrigado por nada!

Virou as costas e foi embora, bufando, deixando a protagonista embasbacada. Ao voltar, seu marido Mauricio a percebeu diferente.

– O que aconteceu, mulher?

Catarina contou a história e Mauricio quis intervir.

– Vou lá falar com esse cidadão, colocá-lo no lugar dele!

– Não. Você não vai nada. Pode deixar que eu resolvo porque sei lidar com gente assim. Não é preciso nem psicólogo para perceber que esse menino não teve amor de ninguém na vida e agora desconta sua mágoa em todo mundo. Deixa pra mim, Mauricio, vou dar um jeito e esse vizinho não vai incomodar outra vez.

Catarina assumiu a guerra. A partir desse dia, o vizinho famoso nas telas pela atuação e famoso na vizinhança pelo destempero procurava motivos para pegar no pé dela.

Chegou ao cúmulo de reclamar por que caíram as folhas do limoeiro de Catarina no quintal dele.

Com a situação ganhando *status* de insustentável, Catarina percebeu que precisava fazer alguma coisa, antes que Mauricio ou seus filhos acabassem trocando socos com o vizinho folgado.

Resolveu conversar com Serginho, que limpava a piscina do ator antes de ser despedido. Deu-lhe uns bons trocados e disse o que desejava.

– Serginho, é como uma guerra. Necessito conhecer o inimigo. Não que eu considere o seu ex-patrão um inimigo, porém ele me considera. Entende?

– Vixe, aquele lá é um cara difícil.

– O que você sabe dele?

Serginho olhou para cima, como a lembrar-se de algo.

– Eu sei que ele gosta de música clássica, adora jogar pôquer e não tem tantos amigos. Os homens que vão na casa dele normalmente são paqueras ou namorados.

– Tá, mas o que ele não gosta?

– Vixe, o que ele não gosta é difícil. Eu sei do que ele tem medo porque escutei uma conversa outro dia, com um amigo dele. Rodrigo disse ao rapaz que morre de medo de macumba.

– Ah, é? Entendi. O.K., obrigada pela informação, Serginho!

Assim que o rapaz foi embora, Catarina chamou Bernadete.

– Eu sei o que vou fazer para dar um corretivo nesse moço sem educação que ousou tratar você com desdém.

– Por favor, Dona Catarina, não precisa arrumar confusão com o moço por minha causa.

– Não, nada de confusão. Deixa comigo!

Na Praça Roosevelt daquele tempo de limpeza urbana mais precária, havia muita pomba. Volta e meia, apareciam uma e outra mortas. Para o seu plano, Catarina pensou que não teria coragem.

Eu, hein? Vou pegar em pomba morta? Cai fora. Esse bicho transmite doença.

Teve uma ideia. Em uma loja de brinquedos, comprou duas pombas de pelúcia. Na farmácia, comprou o frasco azul de metileno e mercurocromo. No açougue, comprou miúdos. No casarão, misturou as substâncias inofensivas numa bacia de madeira, de maneira que o contraste do azul com o vermelho, em contato com os miúdos, fez com que os dois animais de brinquedo parecessem reais.

Para dar mais credibilidade, em volta dos animais, despejou farofa e acendeu velas coloridas. Um cartaz saindo dessa estranha e falsa oferenda dizia:

"Sr. Rodrigo, para morar aqui, é preciso respeitar cada morador da rua"

O presentinho foi colocado diante da porta do ator durante a madrugada. Conta-se que o ator precisou pular para não pisar. Leu o bilhete, correu para o lado de fora e telefonou para sua empregada, aos gritos.

– Preciso que você chegue mais cedo hoje. Tem uma coisa na minha porta e só você pra retirar de lá, que eu não coloco a mão naquilo.

Súbita mudança, o ator passou a ser simpático com os vizinhos e não arranjou confusão com mais ninguém. Semanas depois, encontrou Catarina na rua e a parou.

– Dona Catarina, tem um minutinho?

– Bom-dia! O que deseja, Sr. Rodrigo?

Recentemente, o ator tinha publicado um livro com as suas memórias. Sacou um exemplar da mochila que carregava nas costas e foi assinando.

– Eu ia até sua casa oferecer um exemplar autografado de meu livro, para a sua empregada que falou comigo outro dia. Como é mesmo o nome dela?

– Bernadete.

O ator fez uma dedicatória e mostrou o que escreveu para a sua vizinha, que leu.

"Com você, Bernadete, divido as minhas memórias. Peço desculpas por aquele dia. Estava nervoso e fui ríspido. Espero que aceite este mimo e seja feliz em sua vida"

– A senhora pode entregar para ela?

A vizinha fingiu que não sabia da rispidez do ator com Bernadete.

– Eu reparei que o senhor pede desculpas. O que fez para ela?

– Uma grosseria, uma bobagem que desejo reparar. Nos últimos dias, estou tentando ficar de bem com os vizinhos. A vida ensina, sabe, Dona Catarina?

– Sei, sei sim. Olha só, já que a vida te ensinou, o ideal é que o senhor vá até minha casa e entregue o presente em mãos para Bernadete, certo?

Rodrigo olhou bem para ela e ficou pensando se teria sido Catarina a autora daquilo que, em sua cabeça, era uma macumba das brabas.

Não, definitivamente isso não parece com ela. – refletiu.

– Tem razão, farei isso hoje. Aproveitando, noutro dia fiz um pedido para a senhora e depois, pensando com atenção, reparei quão inoportuno e folgado eu fui, ao exigir que a senhora fechasse sua janela. Por favor, desconsidere o meu pedido absurdo.

Catarina sorriu, debochada, e devolveu cheia de ironia.

– Não posso desconsiderar um pedido que nunca considerei. Mas tudo bem, se isso é um pedido de desculpas, aceito. Eu não guardo mágoa, sou magrela demais pra carregar esse peso.

Rodrigo deu uma gargalhada – Essa foi boa, dona Catarina. Tenha um ótimo dia!

E saiu, deixando-a pensativa.

Algumas horas depois, o interfone tocou e Bernadete chegou, nervosa.

– Dona Catarina, é aquele ator outra vez, o Sr. Rodrigo. A senhora quer que eu diga que não vai atendê-lo?

– Não. Eu quero que você vá até o portão e o atenda, porque tenho certeza de que ele veio procurar você.

– Eeeeeeeeeeeeeeeu?

– Vá por mim. Prometi que daria um corretivo em nosso vizinho. Você faz parte da lição que esse homem precisava aprender. Pode ir tranquila, garanto que nunca mais ele será rude contigo.

Do jardim do casarão, no primeiro andar, Catarina observou o encontro entre os dois, lá embaixo. Não escutou o que o ator dizia, mas ficou feliz ao ver que ela estava de olhos lacrimejantes. Isso queria dizer que o desejo dele, de pedir desculpas, era verdadeiro. Conversaram um pouco, trocaram um abraço e Rodrigo deu a ela o exemplar dedicado de seu livro. Em seguida, virou as costas e partiu, deixando Bernadete abraçada ao livro de encontro ao peito, naquele típico gesto que temos quando recebemos algo legal.

Naquele dia, a São Paulo da garoa contrariava a fama, ensolarada e de céu limpo. Catarina olhou para cima e teve a sua conversinha íntima com Ele.

– Deus, eu respeito todas as religiões e fiz o que fiz só para dar uma lição nesse homem. Espero que possa me desculpar, viu? Não ficaria surpresa se soubesse que o Senhor riu disso tudo.

Na mesma noite, Catarina passou em frente ao quarto de Bernadete e a viu assistindo à novela. Na tela, destacava-se a figura de Rodrigo, protagonista e par romântico de uma das maiores atrizes de todos os tempos. E pensou:

Agora sim, o homem amoroso que está na tela se encaminha para ser o mesmo homem aqui fora.

E foi dormir, de consciência leve, feliz pela travessura.

UMA CORRIDA DE TÁXI RUMO AO ALTRUÍSMO

"Para a aranha caçadora, a vida é uma teia perfeita, simétrica, forte e eficiente. Para a presa, a mesma teia é cruel, sem saída, dolorosa e implacável."

De volta aos tempos em que eram proprietários de um estacionamento, Catarina reservou um sábado para passar o dia inteiro com as crianças. Foram ao circo, comeram fora e se divertiram como há tempos não conseguiam, pois não era fácil ajudar Mauricio na gestão do negócio e cuidar dos filhos.

Quando a noite desceu o seu véu, chegaram em casa. Exausta pelas prazerosas atividades, Catarina dormiu em poucos minutos.

Acordou durante a madrugada, despertada pela voz de Mauricio, que falava com alguém ao telefone. Ao desligar, o marido falou com ela.

– É o meu tio Pablo. Parece que aconteceu um problema com a Izabel.

– É? – e voltou a dormir, não por falta de sensibilidade, mas por não ter processado direito o que dissera o marido.

Despertou assustada minutos mais tarde. Bateu com a mão do lado da cama e Mauricio não estava. Foi aí que se deu conta do acontecido.

Pensei que tivesse sonhado. Pelo jeito, aconteceu mesmo alguma coisa com Izabel e Mauricio, gentil, não insistiu, me deixou dormindo.

Saltou da cama e, enquanto procurava uma roupa, ficou tentando se lembrar onde ficava a casa do tio de seu marido, o velho Pablo.

O nome da rua Catarina sabia, porém há tempos não os visitava e não saberia chegar. Teve uma ideia.

Eu não sei, mas se der o nome da rua para o taxista, claro que ele vai saber.

Foi procurar o táxi sozinha, na raça (naquela época não se contratava táxi por telefone, tampouco se sonhava com os aplicativos de transporte).

O relógio marcava uma da madrugada. Na rua do casarão, decerto não encontraria um táxi. Decidiu seguir até a avenida principal, onde o movimento era mais intenso. No caminho, encontrou as prostitutas que faziam ponto no fim de sua rua. Conhecia todas, posto que nunca foi de ignorar as pessoas por causa do que faziam da vida. Uma delas atendia pelo nome de Nicole e estava por ali.

– Dona Catarina, a senhora endoidou? Isso lá é hora de uma dama tão elegante caminhar sozinha por aí? Sabia que, durante a madrugada, essa região é perigosa?

– Oi, Nicole. Eu lá tô preocupada com bandido? Ele que se aproxime pra ver.

Nicole riu. Como todas as outras oito garotas de programa que faziam ponto naquela rua, gostava de Catarina. Cada vizinho da rua tinha chamado a polícia para reclamar da movimentação noturna das profissionais do prazer, mas Catarina era a exceção. Pelo contrário, quando as encontrava caminhando durante o dia, conversava, dava conselhos.

— Preocupada ou não com bandidos, o que a senhora faz na rua, tão tarde?

— Parece que a esposa do tio de meu marido morreu.

— Então, tia dele.

— É, de consideração sim. Vim até aqui pegar um táxi, que na minha rua não vai passar, a esta hora.

Enquanto conversavam, um carro parou do outro lado da rua e buzinou.

— Tome cuidado e fique de olho. Vou falar com o cliente e já volto.

Mas Nicole não voltou. A conversa evoluiu e, no momento seguinte, entrava no carro do cliente para cumprir o seu expediente. Antes de entrar, gritou para ela.

— Não espere o táxi na esquina, Catarina. Vá mais para frente, senão um dos nossos clientes pode acabar te confundindo. Entende o que eu quero dizer, né?

— Tenha vergonha, Nicole, me respeite!

Nicole deu uma risada debochada e foi embora, deixando a conhecida ali, sozinha.

Carros particulares subiam ou desciam, e não apareceu um bendito táxi. Como Nicole previu, um carro buzinou para Catarina e o motorista abaixou o vidro.

— Oi, belezinha.

– Belezinha é tua mãe, cretino. Suma daqui, tá achando o quê? – dito isso, ela colocou a mão na bolsa, ameaçando sacar algo de lá.

Se Catarina tinha um jeitão carismático que a maioria adorava, em contraponto sabia ser amarga quando necessário e, com efeito, o homem partiu em seu carro, cantando pneu.

Para sua sorte, um táxi apareceu. Bem na hora que daria o sinal, do outro lado da rua um cliente parou o carro para devolver Bruna, outra prostituta que fazia ponto ali.

Ressabiado ao ver uma mulher sozinha, um carro parado e uma prostituta com roupas bem curtas, o taxista não parou. Provavelmente, temeu que aqueles três pretendessem um assalto.

Bruna foi na mesma linha de pergunta.

– Dona Catarina aqui, a esta hora?

– Preciso de um táxi, Bruna, para visitar familiares de meu marido com urgência. É caso de saúde.

– Aqui é difícil parar táxi porque eles têm medo de nós. Quer que eu fique ao seu lado? Bandido não falta por esses lados quando a madrugada cai, mas tenho minha navalha para nos proteger.

– Não, Bruna, obrigada! Você sabe que eu respeito o trabalho que escolheram, mas esse mundão é preconceituoso. Qual taxista vai parar, se o motorista ver nós duas juntas?

– É, tem razão. Eu não tinha pensado por aí. Então, vou ficar mais para baixo, de olho. Se alguém mexer com a senhora, grite e venho correndo.

Catarina agradeceu e dois minutos bastaram para que outro táxi se aproximasse. Desta vez, para sua sorte, o motorista parou.

– Aonde a senhora vai?

– Boa-noite! Preciso ir até esta rua, no bairro do Pacaembu – e mostrou um pedaço de papel, onde anotara o endereço de Pablo e Izabel – o motorista leu e se interessou, era uma boa corrida e a noite não estava das melhores.

– Eu levo a senhora. Preciso dizer que talvez a gente se perca um pouco porque não tenho certeza se é a rua que estou pensando.

Ela refletiu suas opções. Entrar no carro com o motorista que parecia disposto a dar uma enrolada e fazê-la rodar mais do que o necessário para ganhar um pouco mais, ou se arriscar na insalubridade da madrugada. Na dúvida, embarcou.

A caminho do Pacaembu, pensava no tio de Mauricio, homem rico e reservado, que optara por distanciar-se da família. Catarina entendia os motivos desse distanciamento. A todo instante, algum parente se aproximava dele para pedir dinheiro, emprego ou qualquer facilidade que o seu dinheiro pudesse gerar.

Ela se lembrou até de uma conversa no casarão, dois anos antes daquela madrugada, em que estavam presentes ela e seu marido Mauricio, Izabel e seu esposo Pablo, tio de Mauricio.

– Eu vou ficar um tempo longe da família e isso significa ficar longe de vocês. Não quero que digam, depois, que vocês são o único casal que visito. Daí quando se passarem uns dois anos, a gente retoma. Acredito que será tempo o bastante para que aprendam.

– E o que você espera ensinar, com essa distância da família? – perguntou Catarina.

– Espero que aprendam a viver pelas próprias pernas, Catarina. Você e Mauricio são um dos poucos que nunca me pediram nada. Mas a família me deixa numa posição difícil. Toda hora alguém precisa de dinheiro. É gente que fica doente e precisa de remédio, mas depois vejo a pessoa bela e saudável. É gente que, em vez de procurar o trabalho dos sonhos, bate em minha porta para procurar o trabalho do tio. Estou cansado disso. Antigamente, eu ajudava todo mundo e perdi a mão. Acabei virando a muleta de todos. Hoje, no lugar de refletir o que deve ser feito para resolver um problema, a pessoa fica pensando o que deve ser dito para que eu ajude a resolver. Assim, ninguém cresce na vida. Por isso, decidi me distanciar. Espero que entendam.

O casal Pablo e Izabel, desde então, foi execrado pelos familiares. Não faltava gente a dizer que ele era riquíssimo e não ajudava ninguém, ou gente que condenava Izabel, que dizia ser ela a responsável pela súbita avareza do Pablo. De sua parte, Catarina entendia e até concordava com a decisão deles.

De volta ao presente, o taxista a tirou desse momento memorialista.

– Chegamos ao bairro, senhora. A questão é achar o

endereço. Como vamos pedir informação, se a esta hora está tudo fechado?

Catarina resolveu ser sincera.

– Veja bem, eu percebi que o senhor conhece o endereço e está ganhando tempo para que o taxímetro melhore o valor da corrida. – esticando o braço, passou para ele a nota de maior valor do mercado, e complementou – Comigo eu só tenho essa nota. Se o senhor me levar rapidinho, chegando ao destino, meu marido vai lhe dar outra nota igualzinha, por sua gentileza.

O motorista nem precisou de tempo para pensar.

– Deixe comigo!

Durante o trajeto final, ainda pensou:

Caramba, fiz uma jogada arriscada. Se o taxista fosse um bandido, poderia me sequestrar em busca de mais notas dessas, como resgate.

Isso não aconteceu. O taxista subitamente curou-se da repentina perda de memória sentida há pouco. Em cinco minutos cravados no relógio, o homem encostou o táxi diante do portão da casa onde viviam Pablo e Izabel. Conforme a palavra empenhada, ela entrou na casa e voltou com a nota prometida. O homem era tão larápio que não se contentou.

– A senhora me deu duas ótimas notas como gorjeta. Faltou só o valor da corrida, que dá metade dessa nota.

Alguma coisa no olhar de Catarina o fez mudar o discurso.

— Pensando melhor, está ótimo. A senhora pagou três vezes o valor da corrida. Boa sorte por aí, senhora!

O taxista fechou a porta e foi embora. Catarina pensou:

Tem medo, mas não tem vergonha!

A situação encontrada na casa era a pior possível. Izabel falecera e Pablo, tio do marido, estava arrasado. O médico da família atestou o infarto fulminante e assinou toda a papelada exigida naquele tempo, autorizando que o corpo fosse conduzido ao IML e, em seguida, aos ritos de despedida, velório e sepultamento.

Tio Pablo se despedia da esposa, com quem viveu mais de trinta anos. Saíram ele e Mauricio para providenciar as cerimônias e acertar os pormenores com a funerária. Para Catarina, ficou a incumbência de preparar Izabel, expediente que as funerárias não costumavam fazer à época ou faziam sem esmero.

Antes, tratou de resolver o ar da casa, malcheiroso não pelo fato de haver um corpo ali, e sim pelo descuido com a higiene. Abriu as janelas, varreu e passou um pano de chão com produtos que melhoraram aquele ar viciado.

Só depois disso, com todo o carinho, foi preparar Izabel. Deu-lhe um banho completo com aquelas toalhinhas úmidas usadas em bebês, trocou-lhe as vestes e a maquiou tal qual a própria Izabel costumava fazer, uma leve sombra nos olhos e um batom discreto.

Reparou que os pés de Izabel estavam sujos (a cena foi tão marcante que, daquela madrugada em diante, Catarina nunca mais dormiu sem antes se certificar de que os seus pés estavam totalmente limpos). De todo modo, agora sim, o marido poderia se despedir da esposa com uma boa lembrança.

Quando os dois voltaram com a papelada, o corpo de Izabel estava pronto para ser transportado e velado. Tio Pablo cochichou para Catarina.

– Ninguém a teria deixado tão bela. Parece até que Izabel ficou feliz porque o semblante dela se suavizou. Obrigado pelo que você fez!

Catarina fez um gesto do tipo "deixa disso". Horas depois, Izabel era velada em uma das salas do cemitério onde aconteceria o enterro.

Para a tristeza do marido, poucas pessoas da família compareceram ao velório. Consternada pela situação do tio de Mauricio, ela providenciou um padre para encomendar a alma, e não parou por aí.

Quando entraram, Catarina reparou um grupo de freiras que, por coincidência, tinham ido à despedida da irmã mais velha, velada em outra sala minutos antes. E pediu para uma delas:

– Irmã, o tio do meu marido está se despedindo da esposa, que ficou ao lado dele por mais de trinta anos. É um homem rico, e como a família só se aproximava para pedir dinheiro, ele acabou se distanciando. Resultado: agora, nessa hora tão difícil, tem meia dúzia de pessoas para o velório. Será que a senhora e as demais irmãs poderiam passar na sala e rezar um Pai-Nosso, só para confortar esse saudoso marido?

As irmãs conversaram entre si e aceitaram.

A sala do velório de Izabel, antes vazia e triste, se encheu de ternura com a participação das freiras, que rezaram e confortaram o marido, tio Pablo.

Quando o enterro terminou, o tio de Mauricio a chamou em um canto.

— Catarina, quero que saiba de uma decisão que tomei. O seu gesto é impagável, mas faço questão de compensá-la. Vou fazer uma gorda contribuição em dinheiro pela delicadeza de suas atitudes nesse momento doloroso de enterrar a quem tanto amei.

Ela o repreendeu.

— Não ouse fazer isso, Pablo. Fiz pela Izabel a mesma coisa que ela faria por mim, se tivesse sido a minha vez e não a dela. Não quero saber de nada com essa história de dinheiro. Dê para a caridade, divida-o com a sua família, mas por favor, não deixe nada para mim. Deus me livre. Do jeito que a sua família é, já imaginou o que diriam se você deixasse uma parte de seu dinheiro para mim? É capaz de rogarem praga e me matarem antes do tempo. Além disso, temos mais ou menos a mesma idade. É capaz de eu partir antes de você. Então, prometa, dê a sua palavra que não fará uma besteira dessas.

Tio Pablo a olhou com admiração por alguns segundos, e respondeu.

— Vou dizer uma coisa do fundo de meu coração. Já vi gente dizendo por aí que você é uma filha da puta. A partir de hoje, ai de quem falar um "a" de você na minha frente. Saiba que tem em mim um admirador.

Com olhos lacrimejantes, em parte pela despedida e por outro lado pela conversa, tio Pablo deu um abraço forte em Catarina. Ao se afastar, voltou para o sobrinho, tinha algo a dizer.

— Mauricio, parabéns. Você não poderia ter escolhido uma pessoa melhor para viver ao seu lado. Cuide bem. Não é que ela "vale mais que o ouro", como as pessoas costumam dizer. Não tem ouro nesse mundo que chegue aos pés de um coração como esse.

Mauricio não entendeu nada. Por desconhecer o teor da conversa recente entre tio Pablo e sua esposa, não fazia ideia do que o levara a admirá-la. Quando ficaram longe do tio, arriscou uma "pergunta-palpite".

— Tio Pablo ficou tão admirado por causa dos cuidados que você teve com o corpo e a maquiagem de Izabel. Acertei?

A resposta dela, meio filosófica, meio enigmática, não ajudou a saciar a curiosidade de Mauricio.

— E que diferença faria você acertar ou errar, se a dor da despedida que o seu tio está sentindo nesse momento nem todo dinheiro do mundo pode apagar? Quer saber? Ontem foi um dia longo com as crianças. Hoje, foi uma madrugada longa com o taxista, o padre, as freiras. Acho que só quero tomar um banho e descansar, com os pés bem limpos.

— Não vejo conexão entre táxi, padres, freiras e pés limpos. Às vezes, você fala umas coisas que só você entende. Mas o meu tio de alguma forma entendeu. Obrigado pela força que deu para ele. Vamos para casa!

Ao se deitar para um descanso, a conversa divina dela foi um pouco diferente.

— Deus, desta vez, acho que não tenho um "porquê" para me desculpar. Sabe como é, né? Às vezes, a gente dá uma dentro, e acho que hoje acertei em tudo que poderia acertar!

De súbito, sentou-se na cama, lembrou-se de algo, deitou-se e outra vez conversou com Deus.

— Pensando melhor, Deus, me desculpe pelo olhar furioso que disparei para o taxista espertinho. Até eu, que não vi como foi esse meu olhar, fiquei com medo.

Exausta, Catarina dormiu instantaneamente.

QUANDO OS FILHOS MUDAM A NOSSA VIDA

"O olhar de uma criança sem pais e carente de amor é a expressão mais pura e triste do mundo."

Mãe dos três filhos que já conhecemos, Catarina sempre foi do tipo que celebra a vida, mesmo aquela concebida sem planejamento, por um namoro desprevenido.

Quando chegou a sua vez de educar, fez o que esteve ao alcance para evitar que os seus filhos se tornassem pais precocemente. Por outro lado, jamais recusaria uma neta sem planos, se tivesse acontecido.

Ao longo de sua vida, à medida que foi conquistando mais e mais primaveras, alcançando uma longevidade acima da média das mulheres brasileiras, conheceu muita gente e, como se pode ver, viveu aventuras tão inusitadas quanto a sua personalidade singular permitiu.

Certa vez, foi surpreendida por um consultor que a entrevistava e anotava as memórias dela, que em seguida seriam usadas para a organização daquilo que o mineiro chama de causos, isto é, histórias. Disse Catarina a ele:

– Quando a gente acha que envelheceu e viu de tudo, vem a vida e mostra que se a gente vivesse dez vidas, ainda ficaria surpreendida com as pessoas.

Indagada pelo entrevistador sobre o porquê dessa afirmação, contou o causo que a fez pensar assim.

Catarina teve uma empregada cheia de planos e sonhos. Dizia que o trabalho doméstico era uma fase e que o seu futuro seria diferente, que um dia faria faculdade, que teria um negócio próprio, que seria empreendedora, lojista, gerente de loja.

A cada instante, apresentava um sonho novo. Entretanto, essa era só a teoria. No dia a dia, a prática se mostrava destoante porque Ednalva falava em crescer e não dava um passo.

Catarina tentou ajudá-la a realizar os sonhos, a matricular-se e retomar os estudos de onde havia parado, o ensino básico. Do mesmo jeito que a moça sonhava, no outro dia nem tocava no assunto.

– Fez a matrícula para o supletivo, Ednalva?

– Não fiz, dona Catarina. Semana que vem eu mexo com isso.

No fim das contas, Ednalva seguia a vida ao estilo Sidney Sheldon – se houver amanhã. Se por um lado demonstrava ter sonhos da boca para fora, por outro vivia uma eterna balada. Catarina cansou de ouvi-la contar para as outras empregadas da noite anterior, dos namoros, das danceterias, dos porres. Toda vez que recebia o salário, partia para as noitadas que a deixavam longe dos sonhos, pois faltavam a ela dois elementos fundamentais, tempo e dinheiro.

O tempo livre, em vez de estudar, era dedicado à diversão. O dinheiro que sobrava do salário era investido em baladas, roupas e perfumes mais caros do que o salário de Ednalva permitiria. Ou seja, claro que a moça vivia endividada, pedindo um adiantamento de salário aqui, ali e acolá.

Catarina ajudava do jeito que dava. Gostava da moça. E qual não foi a sua surpresa ao saber que Ednalva, solteira e sonhadora, baladeira e namoradora, trouxe uma notícia delicada. Ouviu o desabafo dela e fez uma pergunta.

— Você acha ou tem certeza?

— É certeza. Fiz o teste de farmácia e todos sabemos que esses testes não falham. A senhora vai me demitir por causa disso?

— Por acaso quem dá à luz precisa ser punida, Ednalva? É cada coisa que escuto. Eu, hein? Cuide bem de sua gestação e o que precisar, fale comigo.

Na verdade, Catarina ficou mesmo irritada, mas não pelo fato de Ednalva estar grávida, e sim por prever, pela experiência de vida que possuía, uma obviedade: Ednalva não tinha estrutura para ser mãe e se responsabilizar por uma criança.

Sinto uma tempestade vindo por aí. — pensou Catarina.

Pouco tempo depois de descobrir a gravidez, Catarina entra na cozinha e vê Ednalva agachada. Curiosa para saber o que estava fazendo, esbugalhou os olhos ao descobrir que ela apertava a própria barriga. O grito que deu fez Ednalva ficar de pé num pulo só.

— O que tá fazendo, menina doida?

— Acho que não tô preparada para ser mãe.

Catarina foi categórica.

— Eu gosto de você, mas não vou compactuar e ajudar você a desistir de ser mãe. Pelo contrário, toda semana vou te contar uma passagem da minha vida de mãe, até fazer você acreditar que carrega dentro de si uma vida que deve ser protegida. Estamos entendidas?

Daquele dia em diante, Catarina cumpriu o prometido e Ednalva começou a ver-se no papel de mãe. Nos meses de gestação, a moça recebeu tanto apoio humano-terapêutico da patroa, que internalizou a ideia de gerar uma vida.

O bebê nasceu lindo e saudável. Catarina se responsabilizou por todas as despesas.

– Ednalva, você vai criar o seu filho e vai aprender a amá-lo, porque se o instinto maternal funciona até mesmo para uma leoa, imagine para a natureza humana. Você vai ser a melhor mãe que puder e vai amar essa criatura que trouxe ao mundo.

A moça chorou e prometeu que faria isso. Pelo sim, pelo não, Catarina ficou desconfiada e passou a supervisionar o convívio entre mãe e filho, disposta a proteger a criança, caso Ednalva tivesse uma recaída. Acolheu os dois e ajudou em tudo.

Numa despretensiosa tarde de segunda-feira, quando Marcelinho tinha se transformado em um lindo bebê de sete meses, Ednalva saiu para comprar umas necessidades e desapareceu. Mais tarde, o bilhete foi encontrado sobre a sua cama:

"Dona Catarina, eu sei que posso ser a mãe que a senhora me ensinou a ser, só não sei por onde começar. Vou me estabelecer e volto para buscar o Marcelinho. Obrigada por tudo o que a senhora faz por nós e espero que me perdoe."

O bilhete não deixava dúvidas. Catarina criou Marcelinho até os cinco anos de idade, até que Ednalva reapareceu, ao lado de seu atual marido.

— Dona Catarina, esse é o Robson, meu marido, homem muito trabalhador, mestre de obras. Ele conhece todo o meu passado, me perdoa, apoia e confia em mim. Nós gostaríamos de levar o Marcelinho para viver conosco e queremos agradecer por todo esse tempo que a senhora cuidou dele.

Catarina viu-se em um dilema. Temeu entregar a criança porque sabia que, se alguma coisa de ruim acontecesse a Marcelinho, sentir-se-ia responsável. Ao mesmo tempo, sabia que Ednalva tinha direitos de mãe e não queria tirar-lhe a prerrogativa.

— Ednalva, tive uma ideia. Vamos até a delegacia. A gente conversa com o delegado e pede que a Justiça ajeite para você um psicólogo que acompanhe o seu processo de ser mãe outra vez. Daí pode levá-lo.

Proposta aceita, partem três pessoas para a delegacia; o casal Robson e Ednalva, e Catarina no carro dela. A conversa com o delegado fez Catarina descobrir que não foi uma boa ideia.

— Há quanto tempo a criança está sob responsabilidade da senhora?

— Cinco anos.

— E por que a senhora, patroa da mãe, ficou responsável pelo menor?

— É que a mãe foi embora, deixou um bilhete dizendo que pretendia melhorar de vida. E voltou, cinco anos depois, casada com o moço que está ao lado dela, na sala de espera.

Por isso estou aqui. Gostaria que o senhor verificasse se é possível arranjar um psicólogo para ajudar essa mãe a lidar com a situação, agora que ela pretende levar o Marcelinho para viverem juntos.

– Péssima ideia a senhora teve. Está achando o quê? Que a delegacia de polícia é uma central de assistência social, com psicólogos e psiquiatras disponíveis para atender qualquer mãe, avó ou tutora 24 horas por dia?

– Não, eu não... – o delegado nem deixou que Catarina terminasse de falar.

– Onde está a criança?

– Em minha casa.

– Vamos até lá. Vou buscar o Marcelinho e entregá-lo ao conselho tutelar, que é o órgão encarregado desse tipo de problema, minha senhora. Com tanto bandido para prender, eu tenho que ficar perdendo tempo com história de filho de um, filho de outro?

Foi nesse momento de estresse do delegado, que Catarina tomou a mais arriscada das decisões durante aquela indesejável visita ao delegado. Disse ela:

– Sabe o que é, doutor? Vou confessar porque acabei de ter outro momento de lucidez. Eu tenho problema de cabeça. Invento situações e quando vejo, acredito nessas invencionices. Agora que percebi, criei na minha cabeça essa história toda só porque não concordo com a opinião da mãe.

– O quê? Ora, pelo amor de Deus, procure um médico, um psiquiatra ou vá para qualquer lugar, mas saia da minha frente agora ou vou mandar prender todo mundo.

Catarina se desculpou, saiu e ainda disse para o delegado, fingindo-se desentendida:

– Observando melhor, o senhor não é aquele ator famoso, o Sean Connery?

Nem o delegado aguentou e acabou rindo da situação.

– Puta que o pariu, quanto mais eu rezo, mais assombração me aparece.

No corredor, encontrou Robson e Ednalva. Catarina cochichou.

– Não foi uma boa ideia. Vamos embora e não digam uma palavra. Em casa, a gente conversa.

Voltaram, cada qual em seu carro. Acomodada no veículo, Catarina refletiu.

O que foi aquilo? Eu tenho a maior vontade de ajudar todo mundo, mas isso foi perigoso. Inventar que tenho problema mental? Nem sei onde estava com a cabeça quando decidi procurar uma delegacia de polícia.

Em seguida, outro pensamento a fez rir.

Ainda bem que estou velha e até um delegado de polícia é capaz de tolerar uma certa caduquice.

Chegando em casa, combinaram os detalhes. Catarina pediu para falar em particular com Robson.

– Olha, você disse que mora na Rua Olho D'água do Borges, certo? Preciso que fique de olho nesse menino e em sua esposa. Se alguma coisa acontecer a ele, vou levar um exército inteiro atrás de vocês. A depender do que a vida manda, eu sei ser uma *lady*, mas sei ser maloqueira. Acho que você pode entender, né? Afinal, criei o Marcelinho por cinco anos com o mesmo carinho que dei para cada filho meu de sangue.

– A senhora pode ficar tranquila. Do lugar de onde eu venho, o Nordeste, filho de uma relação anterior é filho da relação atual, como se fosse de sangue. A gente não faz diferença.

Para a mãe, Catarina ofereceu outras palavras em particular. Acabaram as lágrimas.

– Ednalva, eu me fiz de louca por seu filho e quase fui presa por causa do risco que assumi. Espero que você transforme todo esse esforço em felicidade para o Marcelinho, porque é um menino de ouro e não tem culpa da sua instabilidade.

A moça olhou com firmeza nos olhos de sua benfeitora.

– Dona Catarina, o que a senhora fez por mim e pelo Marcelinho nem a minha mãe faria. De hoje em diante, eu tenho dois propósitos de vida; um deles é criar o Marcelinho com amor, e o outro é não decepcionar a senhora.

Marcelinho partiu naquele dia, e da infância até a fase adulta, fez questão de manter contato com Catarina, por quem nutria um carinho deveras especial.

Na mesma noite, do outro lado de São Paulo, o delegado Asdrúbal jantava com a esposa Denise, igualmente investigadora de polícia. Como fazia habitualmente, contava a ela um resumo de sua atarefada rotina policialesca.

– Você acredita que a velha teve um ataque de demência ao vivo e a cores? Entrou para fazer uma queixa e, no meio do caminho, descobriu que tinha viajado na maionese e não tinha queixa alguma a fazer. É cada enrosco que um delegado precisa encarar, amor...

Denise, sua esposa, escutou tudo com atenção e o colocou a pensar.

– Quando essa senhora teve o tal ataque de demência, você a tinha ameaçado de alguma maneira?

– Sim. Acredita que eu quase perdi ainda mais tempo? Mais um pouco e eu teria ido até a casa da doida, para buscar o tal bebê.

– Querido, acho que você foi enganado. Ela se fez de doida para que você não fosse buscar o menor e não entregasse a criança ao conselho tutelar.

– Será?

– É bem provável. Se quiser, amanhã, me dê o endereço dela e vou até lá, fazer uma visita-surpresa, averiguar melhor essa história esquisita.

O delegado Asdrúbal abaixou a cabeça, pensativo.

– O que foi, querido?

– Puta que o pariu, Denise. Agora que me dei conta, eu não peguei o endereço de nenhum deles.

E foi assim, por causa de um compreensível descuido do delegado, que estava atarefado demais para prestar atenção aos detalhes, que essa história não teve um final mais complicado.

Na conversa com Deus daquela noite, ela se redimiu.

– O senhor sabe que eu me fiz de doente para salvar um inocente. Eita, Deus, até rimou, o senhor viu? E se rimou, é poesia. Não custa nada perdoar uma poetisa, né?

ALGUÉM ESTÁ PRECISANDO DE AJUDA

COF COF

"O ser humano é um bicho primitivo que faz o possível pela autopreservação."

Catarina nunca teve medo de bandido. Como ficou evidente em outro capítulo, o tempo em que tocou o estacionamento foi uma escola sob o ponto de vista da bandidagem no centro de São Paulo.

Se um bandido organizado e mafioso como Antunes não a intimidou, não seria outro, de menor poder, que a deixaria temerosa.

Não que fosse uma pessoa violenta ou dotada de arroubos agressivos a ponto de enfrentar bandidos. Nada disso. Fazia mais o tipo do diálogo, da persuasão e do improviso, estratégias que nas mãos dela surtiam tanto efeito quanto uma arma de fogo.

Alguns até diziam que, numa discussão, Catarina calava a boca do adversário de uma maneira tão envolvente, que a outra parte ficava quieta e pedia desculpas, mesmo sem a certeza de estar errada.

Nos anos 1990, a São Paulo daquele tempo patinava no quesito segurança pública, principalmente na região central, que concentrava muita riqueza corporativa, com multinacionais que ocupavam os arranha-céus espalhados por ruas e avenidas.

A exemplo do capítulo que fez um sobrevoo no bairro da Luz, a prosperidade das empresas no eixo central da Sé à República, como Rua Boa Vista, Álvares Penteado, 15 de novembro, Líbero Badaró, Barão de Itapetininga, 7 de abril, São Bento, Avenidas Ipiranga e São Luiz, gerava uma circulação de pessoas bem-sucedidas que atraía bandido de vários perfis, do pé-rapado que batia uma carteira e um bolso volumoso ao mais articulado, armado e pronto para qualquer golpe.

Em dias típicos de pagamento do salário, como 5, 15 e 30, a população ficava com a antena ligada porque os bandidos sabiam que algumas empresas pagavam em dinheiro, e os oportunistas ficavam ouriçados atrás de vítimas.

Por mais que o século XXI possa criticar a segurança pública, melhorou consideravelmente, se comparada àqueles tempos em que os cidadãos andavam pelo centro com medo.

Prova disso é que o executivo da multinacional instalada na região central, sobretudo próxima ao centro velho, andava com segurança armado para evitar sequestros, a exemplo dos prédios da Rua Líbero Badaró que tinham saída para o temível Vale do Anhangabaú daqueles idos.

Foi nesse cenário que Claudinha apareceu no casarão, numa tarde de inverno. Amiga da família de Catarina, Claudinha morava em um prédio próximo, e entendeu que o casarão estava mais próximo para abrigá-la naquele momento de necessidade.

Quando Catarina escutou o interfone tocando sem parar, ligou o seu instinto protetor de mãe e agiu.

– Bernadete, corra até o portão e verifique. Alguém está precisando de ajuda.

Claudinha subiu correndo e encontrou a anfitriã.

— Ainda bem que a senhora está em casa.

— O que aconteceu, menina? É alguma coisa com a sua família?

— Não. Foi comigo mesmo. Tem um cara me perseguindo, um bandido.

— Como assim? Conte o que aconteceu. Bernadete, traga água com açúcar para ela, por favor.

— Eu participo de uma comunidade, uma sala de bate-papo na internet, onde a gente conhece pessoas, paquera, isso tudo, sabe?

— Hum? Continue.

— Conheci um cara. Parecia bacana, bem-educado e culto. Marcamos um café aqui perto. Uns dez minutos depois que conversávamos, ele anunciou que era sequestrador profissional e disse que se eu me mexesse ou gritasse, seria pior porque um parceiro dele atiraria de longe, assim que eu saísse na rua.

— E o que fez para escapar?

— Arrisquei as minhas chances e gritei. Enquanto ele olhou em volta e ficou explicando para as pessoas que era meu namorado e aquilo era só uma briguinha, aproveitei a distração e corri.

— Tá, então vamos chamar a polícia agora mesmo.

— Não, por favor, Catarina.

— E por que não?

– Ele disse que se eu chamasse a polícia, sequestraria meu pai.

– Mas o seu pai mora no Rio de Janeiro, por causa do trabalho.

– Pois é. Mas vou arriscar? E se for uma quadrilha que atua em São Paulo e Rio?

– Menina, que perigo. Com tanto homem por aí, vai se meter em relacionamento de bate-papo pela internet? E agora, o que vamos fazer? Só estamos eu e Bernadete em casa. Já sei. Vou ligar para os meus filhos.

Catarina não teve tempo de ligar para ninguém. Nesse exato momento, a campainha tocou. Pela câmera, viram que era uma moça elegante, bem arrumada.

Bernadete ouviu a conversa das duas e ficou apavorada.

– Creio em Deus pai, dona Catarina. Sou muito nova para morrer. Posso chamar a polícia?

– Você não vai chamar ninguém. Eu vou lá no portão atender essa moça. Se ela tiver ligação com o bandido, não vai ser doida de querer invadir nossa casa em plena luz do dia.

– Eu vou com você, é justo! –disse Claudinha.

– Não, fique aqui com a Bernadete porque você é alvo. Se eu demorar, vocês vão ali na sacada e gritem socorro o mais alto que puderem, para chamar a atenção das pessoas que estiverem na rua.

Catarina saiu e deixou as duas morrendo de medo. Bernadete resolveu se ocupar um pouco, na tentativa de se acalmar.

– Vou pegar mais água com açúcar, um copo pra mim e outro para a senhora. – e saiu.

Enquanto isso, lá embaixo, Catarina abria o portão para ver o que a moça queria.

– Olá, senhora. Meu nome é Sandra. O meu primo pediu para buscar a Claudinha. Ele é namorado dela, parece que brigaram e ela entrou nessa casa. A senhora pode chamá-la?

– E onde está o teu primo, o tal namorado dela?

– Ali, ó, encostado no muro. – disse a moça, apontando para o outro lado da rua, onde um sujeito de uns dois metros aguardava, olhando para as duas, com cara de poucos amigos.

– Entendi. E por que ele mesmo não veio falar com a namorada?

– Aí é que tá. Os dois brigaram. Ele me pediu para intervir e convencê-la a fazer as pazes. Está disposto a pedir desculpas. A senhora pode ir chamá-la? Estou com um pouco de pressa. Ela está aí, né?

– Sim e não.

– Como assim, senhora?

– Claudinha está lá em cima, o problema é a tuberculose. Você talvez saiba que tuberculose é contagiosa e mata, né?

Inclusive, Claudinha me disse que ia pedir para esse novo namorado acompanhá-la numa viagem que ela vai fazer amanhã, até o Hospital Emílio Ribas. Você conhece?

– Não.

– É um hospital de referência que trata os casos de tuberculose mais graves, que não se curam nunca, como o da Claudinha.

– E a senhora não tem medo de ser contagiada?

– Eu trato tuberculose há um tempão. Acho até que fui eu que contagiei a Claudinha. – e assim dito, Catarina tossiu alto. Como fumava demais, a tosse saiu seca, pigarreada e estridente. E retomou a conversa após tossir, enquanto reparava que a moça levava a mão ao rosto, em forma de concha, tentando proteger boca e nariz.

– Bom, eu vou subir e pedir para a Claudinha descer, para encontrar vocês. – e tossiu alto, outra vez. – Você espera um pouquinho, moça?

– É que... Sabe como é, a gente fica tentando ajudar esses apaixonados e, muitas vezes, um tempo entre eles é bom, né? Assim podem pensar nas atitudes. Vou falar com o meu primo. Não precisa pedir para a Claudinha descer. Vamos deixar ela descansar. E por falar nisso, a senhora também, vá descansar. Muito obrigada! – virou as costas e saiu andando. Poucos metros adiante, Catarina viu quando ela atravessou a rua e se juntou ao outro bandido, gesticulando de maneira brusca, como se estivesse brava com ele. A partir do que ela disse ao comparsa, os dois apertaram o passo, sem olhar para trás.

Pelo jeito, aquele golpe tinha sido cancelado. Catarina balançou a cabeça em desaprovação, deu uma gargalhada e fechou o portão do casarão.

Ao chegar ao andar de cima, viu Bernadete e Claudinha ainda debruçadas sobre o parapeito do primeiro andar, cada qual com um copo de água com açúcar na mão. Foi Claudinha quem falou.

— A gente tava olhando daqui, só esperando para gritar. O que a senhora disse, que fez os dois irem embora às pressas?

— Eu tenho duas notícias. Uma boa, outra má. Qual você quer primeiro, Claudinha?

— A má.

— Era um casal de sequestradores, organizados e sem medo de polícia. Tanto é assim que tocaram o interfone e a moça conversou comigo com naturalidade.

— E a boa notícia?

— Por medo de tuberculose, esses sequestradores nunca mais chegam perto de você ou de sua família.

Os filhos de Catarina ficaram sabendo da história. Cada um com a sua esposa, foram jantar com ela. Deram uma bronca suave, porém se divertiram pela criatividade da mãe.

Mais tarde, na hora de dormir, lá foi outra vez Catarina se desculpar com Ele.

– Deus, me desculpa, vai. O que é uma doençazinha inventada diante do resultado final de salvar a jovem?

No mês seguinte, uma quadrilha especializada em sequestrar jovens garotas foi desbaratada. De acordo com a polícia, quatro moças foram sequestradas em apenas um mês e uma delas, provavelmente por ter reagido à tentativa de sequestro, fora assassinada. Os dois chefes da quadrilha tiveram o semblante exposto em destaque no jornal, precisamente a dupla que estava na porta do casarão. À noite, Catarina teve uma nova conversa divinal.

– Meu Deus, se por acaso o senhor ficou bravo comigo, hoje deve ter se arrependido, né? Se foi assim, não se preocupe, está perdoado. Atire a primeira pedra quem nunca se arrependeu de algo nessa vida...

OS MISTÉRIOS DO CEMITÉRIO

"Há quem diga que bruxa, duende ou sereia não existem. Então, façamos justiça: coincidências também não existem."

Antoninho da Rocha Marmo foi considerado santo pela população paulistana do século XX. Filho de um delegado de polícia, viveu de 1918 a 1930. Tinha saúde frágil e, aos 12 anos, partiu, vítima de tuberculose. Em sua curta vida, dizia-se que Antoninho tinha o dom de curar e prever acontecimentos. Em tese, o garoto teria previsto até a própria morte.

Catarina acreditava nas coisas deste e do outro lado, e tinha currículo para isso. Ou o leitor se esqueceu que na adolescência ela ficou presa no cemitério?

Devota de Santo Antoninho da Rocha Marmo, recorria a ele quando as situações ficavam sem solução. Até mesmo quando a compra da casa dos sonhos emperrou por uma série de questões, pediu uma força.

– Antoninho, meu santinho, assim que concluir a negociação e mudar com a família para a minha nova casa, vou construir um altar para você, que tanto me ajuda. – e cumpriu a promessa, pouco tempo depois.

No paulistano Cemitério da Consolação, Catarina costumava visitar o túmulo do menino e sabia até a localização exata: Q.80, T.6 – quadra 80, terreno 6.

Deixava-lhe uma flor, acendia uma vela, fazia um pedido ou prestava um agradecimento. Não apenas ela tinha esse hábito. Com frequência, encontrava devotos de Antoninho se aproximando ou se distanciando do túmulo desse menino consagrado santo pela população.

Sobre os assuntos da vida pós-morte, ela tinha um misto de medo e respeito. Parecia uma sina: volta e meia a vida colocava diante de Catarina um defunto conhecido para maquiar e preparar, alguém no IML para reconhecer ou alguma situação a tratar em cemitérios.

Inclusive, havemos de lembrar do capítulo IV, "Contra alma, arma é o caminho" e daquele relato de sua infância, ao fugir da coça que levaria da mãe. Na ocasião, ela não só esteve presa no cemitério, como sonhou com as almas e precisou dormir agarrada a uma pedra do jardim.

Meio que se acostumou a isso, mas nunca deixou de ter um certo medo. Em sua infância, quem vivia "do lado de lá" e às vezes se apresentava para alguém "do lado de cá" era conhecido por fantasma ou alma penada, mas o futuro deu um nome mais sofisticado e passou a chamar de espírito.

Numa chuvosa manhã de outono, Catarina resolveu visitar sua irmã, sepultada a poucas quadras de distância de onde descansa em sono eterno o menino tido como santo, Antoninho da Rocha Marmo.

Enquanto prestava a homenagem à irmã, sentiu um repentino incômodo, uma irrefreável vontade de ir embora, o que era bem incomum porque, em geral, sentia-se em paz dentro do cemitério. Mas resolveu escutar seu instinto e partir. Conversou um pouco com a irmã, que descansava em sono eterno, ao se despedir.

— Você não pode responder, mas eu acho que de alguma maneira deve saber que venho te visitar, conversar, trazer flores, né? Vou indo por hoje e volto noutro dia. Não sei o que me deu, mas bateu um pressentimento ruim de repente, sabe? Assim que sair, vou fazer uma boa ação. Mais cedo, quando entrei no cemitério, vi um menino parado na entrada, pedindo dinheiro a quem entrava. Deve estar com fome, tadinho. Vou pagar um pastel para ele na feira livre da Rua Major Quedinho. Você me conhece, sabe que eu adoro dar comida a quem precisa. Tem gente que me enche o saco por causa disso, "que eu acostumo mal as pessoas", ou "que eu pareço Madre Teresa", mas sabe de uma coisa? Com a barriga cheia, é fácil criticar a pessoa que pede comida na rua, ou dizer que essa pessoa não tem vergonha na cara, que deveria trabalhar etc. Você me entende, eu tenho certeza, já que foi tão generosa em vida — Catarina teve que interromper as divagações. Atrás dela, surgiu um rapaz, arma em punho, sangue nos olhos, aparência de drogado disposto a tudo.

— Passa o dinheiro, senão vou te matar. Anda logo, filha da puta, ou vou te arrebentar na porrada!

Catarina percebeu que estava tremendo.

— Ai, meu Santo Antoninho da Rocha Marmo, como vai me tirar dessa? Que jeito mais besta de morrer!

Ficou em choque, sem saber se estava mais apavorada pelo susto ou pela arma apontada contra ela. De todo modo, jogou o dinheiro que tinha no chão.

O ladrão pegou as notas, colocou no bolso e seguiu ameaçando.

– Agora o restante, deve ter mais dinheiro dentro da roupa. Pode ir tirando!

– Eu não tenho mais nada!

Foi então que Catarina viu, pé ante pé, um senhor se aproximando do ladrão. Vinha da direção do jazigo de Santo Antoninho da Rocha Marmo. Pela movimentação do senhor bem idoso, dava a impressão de que saltaria sobre o assaltante, para imobilizá-lo. Ela pensou:

Meu Santo Antoninho, ajuda esse benfeitor que se aproxima. Ele não tem idade para render um ladrão tão jovem e se bobear, vamos acabar morrendo nós dois nas mãos desse bandido.

Para sua surpresa, em vez de render o marginal, o senhor de cabelos bem branquinhos ficou ao lado do bandido por alguns segundos, e cochichou qualquer coisa que Catarina não conseguiu escutar, embora estivesse bem próxima de ambos.

No instante seguinte, duas coisas aconteceram ao mesmo tempo: a primeira, foi que o senhor se virou e começou a caminhar, indo embora. A segunda, foi que o ladrão olhou bem para Catarina, colocou a mão esquerda no bolso, retirou o bolinho de notas recém-roubadas, escolheu duas de pequeno valor, e disse:

– Pegue esses trocados, para comer um pastel ou pagar o ônibus. E nem pense em chamar a polícia ou o mano da segurança do cemitério.

O ladrão saiu correndo e deixou Catarina ao lado do túmulo da irmã, boquiaberta com a situação. Enquanto via o ladrão correndo, apressado, olhou na direção do senhor que interveio e o observou caminhando, calmamente, a poucos metros dela. Foi até ele, para agradecer. Seja lá o que tivesse dito ao assaltante, a salvara de um desfecho pior, quem sabe até um tiro.

– Senhor, senhor, espere, por favor!

E apressou o passo para alcançá-lo. A distância entre eles era menor do que trinta metros.

– Senhor, por favor, só um instante, quero agradecê-lo!

O homem virou à esquerda e, por um breve instante, ela o perdeu de vista. Apertou o passo para alcançá-lo e quando chegou ao exato trecho em que o senhor de cabelos bem branquinhos tinha acabado de virar à esquerda, tudo o que viu foi a quadra completamente vazia. Nem sinal de seu benfeitor, que desapareceu da mesma forma que surgiu, do nada.

Catarina entendeu, enfim, o que estava acontecendo. Seu benfeitor não era deste mundo, pois ser humano algum tinha o poder de desaparecer assim, sem mais, nem menos.

Uma onda de paz tomou conta dela e, pela primeira vez, não teve medo de alma penada, espírito ou que nome se queira dar. Todo o nervosismo que sentira por conta do assalto recente foi embora.

Estava com a roupa encharcada pela chuva fininha e intermitente. Mesmo assim, antes de deixar o cemitério, resolveu ir até o jazigo de Santo Antoninho e, lá chegando, abriu o coração.

– Meu Santo Antoninho da Rocha Marmo, vim até aqui para agradecer. Não sei quem é aquele homem de cabelos bem branquinhos que falou alguma coisa ao pé da oreia daquele bandido, mas sei de uma coisa, foi você, meu santinho, que pediu para o homem me ajudar. Lembra que eu prometi que faria um altar bem bonito, em minha casa? Pois lá está o seu espaço bem iluminadinho. Espero que a luz desse seu altar ajude a clarear os caminhos daqueles que você precisa ajudar, como fez comigo hoje.

Catarina fez o sinal da cruz e se preparou para ir embora. Deu só três passos e se lembrou de um detalhe que não poderia ter deixado passar. Voltou imediatamente para uma derradeira conversa com o seu santinho.

– Santo Antoninho, agora que me dei conta de outra coisa. Quando estava no túmulo de minha irmã, senti uma vontade danada de ir embora, uma sensação ruim, um não sei quê, sabe? Agora entendo: era você, meu santinho, avisando do perigo que se aproximava, certo? Se tivesse ido embora naquele momento, não teria me exposto a um perigo tão grande, mas fiquei de trololó com minha irmã e olha aí o resultado. Naquele instante, esqueci que você é capaz de prever o futuro e não notei que, do seu jeito, ainda tentou me avisar. Pois de hoje em diante nunca mais vou ignorar o meu sexto sentido. Muito obrigada, meu santinho!

Quando se aproximava da saída do cemitério, ela pensou:

– Santo Antoninho da Rocha Marmo é mesmo muito poderoso. Onde já se viu ladrão que deixa um troco?

Procurou o menino por todo o canto e teve outro pensamento.

— *Só falta esse menino que eu vi ser uma alminha penada também.*

Mas não era. Estava próximo do portão, abordando uma senhora que acabava de dar uma bronca, e pedia que a deixasse em paz. Catarina se aproximou. O menino tinha 11 ou 12 anos, não mais do que isso.

— Como é seu nome, rapaz?

— Antoninho.

Catarina sentiu um arrepio da cabeça aos pés.

— Antoninho? Que nome legal, hein? E onde você mora?

— No Bom Retiro. Sou engraxate, só que tá chovendo, daí ninguém quer engraxar e tô com fome, então o jeito é pedir dinheiro. Só que as pessoas pensam que eu quero dinheiro para cheirar cola e não ajudam. Olha minha caixa ali — e apontou para uma caixa de engraxate encostada no muro do Cemitério da Consolação.

— Vamos até ali, na feira da Major Quedinho, que vou te pagar um pastel. Você quer?

Os olhos de Antoninho até brilharam e Catarina ficou pensando no tamanho da "coincidência". Mas quem disse que as tais coincidências acabaram por aí?

Chegaram à feira. Ela perguntou ao senhor da barraca de pastel quanto custavam um pastel especial e um refrigerante. Informada do preço, verificou as notas amassadas que o ladrão deixara: era exatamente o valor que precisava para fazer a gentileza de alimentar o engraxate que, por acaso, tinha o mesmo nome de seu santinho. Pediu o pastel e perguntou a Antoninho qual refrigerante preferia.

– A senhora não tem dinheiro para comprar outro pastel? Deixe o refrigerante pra lá. Compre dois pastéis e, assim, a senhora também pode comer comigo.

– Não, Antoninho. A tia já comeu, mais cedo. Pode escolher o seu refrigerante.

Ficou ao lado do menino enquanto ele devorava o pastel enorme, que quase não cabia em suas mãos. Quando acabou, Antoninho disse:

– Posso acompanhar a senhora até sua casa? Essa região é cheia de ladrão.

– Eu sei, Antoninho, eu sei. Não se preocupe. O outro Antoninho me guarda.

– Hã?

– Nada não, filho. Vá em paz.

– Obrigado, tia. A senhora é muito legal!

Antoninho deu um abraço apertado na cintura de Catarina, que ficou até sem reação. E saiu, carregando sua caixa de engraxate nas costas. Ela ficou olhando o garoto se afastar e pensando nas tantas coisas que aconteceram naquela manhã.

A chuva tinha dado uma trégua. O menino deu uns dez passos, passou por um senhor engravatado, ofereceu a famosa frase "vai graxa aí?" e o homem aceitou. Catarina ficou feliz e rememorou seus momentos.

Visitou a irmã, teve contato com o Antoninho santo e o Antoninho engraxate, foi salva de um assalto pelo que lhe pareceu ser uma espécie de anjo da guarda e, ainda melhor, viu o pequeno Antoninho conseguir um freguês.

Muita gente diria "acabei de passar pelo maior trauma da minha vida, tive uma arma apontada para mim". Catarina responderia de outra maneira a quem perguntasse o que poderia dizer daquela sua manhã chuvosa de outono.

– Foi inesquecível. Um dia, ainda quero escrever um livro e contar para todo mundo...

Naquela noite, conversou com Ele.

– Deus, guarde bem o seu anjinho e obrigada por deixá-lo ajudar a nós, reles mortais, nos momentos difíceis. Antoninho, tenho certeza, está aí, contigo. Mande o meu abraço a ele. Adoraria conhecê-lo quando chegar a minha... – dormiu antes de dizer a expressão "vez de partir".

A LOIRA DO BANHEIRO

"A fama é pouco relevante para alguém que aprende a amar a pessoa por trás do personagem."

Mais um pulinho até os tempos inocentes da adolescência, por um bom motivo. Irmã de um empresário famoso e respeitado. Porém Catarina nunca gostou de alardear o parentesco. Gostava de ver o sucesso e o legado do irmão, mas manteve-se numa posição discreta em relação a esse êxito, adotando o cuidado de afastar-se dos holofotes midiáticos que o irmão atraía tal qual imã.

Preservando a memória, as preferências e a discrição da protagonista, seria desimportante revelar quem foi o seu irmão. Para efeito de personificação na obra, vamos chamá-lo de Serginho...

Catarina ainda se recorda das gargalhadas que dera diante das palhaçadas de Amácio Mazzaropi, convidado do irmão, que jantou com eles, experimentando a famosa canja de galinha preparada por Da. Joana, mãe deles.

Na época, o irmão agenciava talentos e, por causa da chuva, o espetáculo de Mazzaropi fora cancelado. Sorte a deles, pois o humorista passou boa parte da noite contando causos e piadas em um show privado.

Do irmão famoso, mais importante para Catarina do que os holofotes era se lembrar da infância que conviveu com ele, das brincadeiras e até do ciúme que Serginho sentia das irmãs.

Como esquecer, por exemplo, de quando era adolescente, especialmente daquele dia em que Serginho fez Catarina correr uns cinco quilômetros sem parar?

Havia uma brincadeira entre as adolescentes do interior paulista, uma espécie de simpatia. No dia de São João, a menina espetava uma faca na folha da bananeira. No outro dia, o líquido que escorria da planta, em tese, mostraria a letra que simbolizava o nome do futuro marido dessa menina. Por exemplo, se escorresse um "m", o esposo poderia ser o Mauricio, a quem a moça paquerava.

De olho na crendice das meninas, Serginho perguntou se Catarina tinha embarcado na simpatia tradicional.

– Hoje é dia de São João. Por acaso você espetou a faca para ver o nome daquele que um dia será o seu marido?

Ela ficou envergonhada, não queria que o irmão soubesse que, assim como as demais adolescentes, fizera a simpatia, porém confessou.

– Fiz, espetei naquela bananeira que divide a nossa cerca e as terras do vizinho, mais no meio do mato.

– Vou te contar um segredo que as mães escondem das filhas. Para a simpatia funcionar, assim que anoitecer, você deve ir onde está a faca espetada e rezar um "Pai-Nosso". Senão, pode ser perigoso.

– Perigoso como?

Serginho explicou.

– Dizem que antigamente, as meninas que faziam essa simpatia e não rezavam o Pai-Nosso acabavam virando noivas do coisa-ruim, daquele que vive lá embaixo, sabe?

– Creio em Deus Pai, todo-poderoso. – disse a adolescente, se benzendo – e como você sabe disso?

– Nossa avó, que Deus a tenha, uma vez me explicou. A mãe também sabe disso, só não conta porque não quer que fiquem pensando em marido. Como eu sou seu amigo, revelo esse segredinho. Agora você já sabe o que fazer. Não conte a ninguém. Assim que começar a anoitecer, vá onde está a sua faca e se proteja, rezando. Aí sim, amanhã cedinho pode ir até lá, que a letra do nome de seu marido vai sair escorrendo pela seiva da folha.

Catarina ficou com o pé atrás. Gostava de um rapazinho da vizinhança, chamado Mauricio, e esperava que a letra "M" saísse em sua folha de bananeira. Melhor seria aproveitar essa informação privilegiada que o mano trazia da avó.

No dia 24 de junho, data que marcava a simpatia, ficou sentada na varanda, olhando a paisagem. Dona Joana passou e quis saber se a filha estava com problema.

– O que tanto você olha, menina?

– Esperando o sol se pôr.

– Você e esse jeitão de ver a vida, gosta de pôr do sol, poemas e romances. Acorda, viu, Catarina? A vida real é diferente e exigente!

Ela ouviu, mas não processou. Estava focada em um objetivo: o Pai-nosso ao lado da simpatia, assim que escurecesse.

E lá foi Catarina, tão logo o anoitecer anunciou sua chegada. Embrenhou-se no matagal que dividia as terras e, aos poucos, foi alcançando as bananeiras, afastando as folhas que atrapalhavam seus movimentos.

Quando chegou até a bananeira onde estava a faca que deixara, não havia mais luz natural e o véu da noite dificultava enxergar. Lamentou não ter levado uma vela ou uma lanterna. Mas surpreendeu-se ao ver que tinha uma vela clareando a sua bananeira. Foi chegando perto, e mais perto, até ver a cena que fez os seus olhos se esbugalharem.

Um bicho demoníaco iluminado por uma vela vermelha segurava a sua faca. Com a voz grossa, distorcida e cavernosa, o bicho falou diretamente para ela.

– Venha, Catarina. Eu vou ser o seu marido e você vai reinar comigo lá embaixo!

A jovem correu com tanta velocidade e empenho que os calcanhares tocavam o traseiro. Entrou em casa correndo, passou direto para o quarto, pegou uma cruz que ficava sobre a sua cama e enfiou-se debaixo da cama, rezando e apertando a cruz contra o peito.

Na hora do jantar, meia hora mais tarde, todos a procuravam. A mãe entrou no quarto e chamou por ela, que respondeu.

– Mãe, eu só saio se o coisa-ruim não estiver lá fora, me esperando. A senhora pode conferir pra mim?

– Que conversa é essa, menina? Saia debaixo da cama agora mesmo!

Serginho escutou e foi lá para fora, onde poderia rir alto sem ser ouvido.

– Daqui eu não saio.

– O que aconteceu? – quis saber a mãe, preocupada!

Catarina contou toda a história. A mãe deu a mão para que saísse.

– Venha, filha. Não tem coisa-ruim nenhum. Isso é coisa que aprontaram pra você.

– E quem faria isso comigo, mãe?

– Não sei. Vou investigar. Quem mais sabia que você fez essa simpatia?

– Ninguém. Quer dizer, só o Serginho. Ele até me ajudou, disse que a avó mandava rezar um Pai-Nosso perto da folha, para não atrair o coisa-ruim como marido.

Catarina não precisou dizer mais nada. Escolada, Joana não tardou a entender o enredo daquela história.

– Serginho, venha cá.

Vindo do lado de fora da casa, ele não conseguia conter as gargalhadas. A mãe não teve nenhuma dúvida.

– O que você fez, rapaz? – Quer matar sua irmã do coração?

– Não fiz nada. A menina não saiu das fraldas direito e já fica pensando em marido, deu no que deu, acabou atraindo o coisa-ruim.

– Estou falando sério, Serginho. Pode começar a contar. – exigiu Dona Joana.

– Tá bom, vai. Sabe aquele boneco que faço para malhar o Judas? Coloquei uma máscara demoníaca nele, acendi uma vela, deixei o boneco segurando a faca da simpatia e me escondi para assustar essa daí. Mãe, não brigue comigo. Ela estava fazendo simpatia para arrumar marido, veja se tem cabimento.

– É mentira. A simpatia é só para descobrir a letra inicial do nome de quem vai ser o meu marido. – defendeu-se Catarina.

No fim, todos acabaram rindo da situação. A mãe não castigou Serginho. Conhecia bem a filha e sabia que ela mesma acabaria se vingando daquela trama.

Pelo sim, pelo não, Catarina não quis mais saber dessas simpatias. Jantaram e riram um pouco mais dela, que ficou em silêncio, só maquinando.

Catarina esperou pacientemente que se passassem três semanas para ter a sua vingança de irmã. Queria ter praticado o plano na mesma noite que tomou o susto preparado pelo mano, porém ele estaria prevenido, esperando alguma revanche, e achou por bem esperar para pegá-lo de surpresa.

Escolheu uma noite de tempestade para se vingar. O barulho dos trovões seria útil ao seu plano.

Serginho tinha sono pesado. Esperou que todos estivessem dormindo e entrou no quarto dele, usando um lençol todo branco, com dois furos nos olhos. Na cabeça, ela usava uma peruca loira que tinha comprado para fazer um trabalho teatral da escola. Deitou-se ao lado do mano e, com o dedo indicador, foi cutucando o dorminhoco, imitando voz de fantasma.

– Sergiiiiinho, Sergiiiiiiiinho.

Quando Serginho abriu os olhos, ela disse:

– Eu sou a loira do banheiro[4], vim te buscaaaaaar.

Serginho deu várias pedaladas no ar, tentando correr, até se dar conta de que estava deitado. Empurrou a loira do banheiro, ou melhor, Catarina, levantou-se de um pulo só e saiu gritando "socorro, mãe".

– O que foi, Serginho?

– A loira do banheiro tava no meu quarto, mãe.

– Que mané loira o quê, menino?

– Estou falando a verdade, mãe. A senhora sabe que eu morro de medo da loira do banheiro. Uma vez, ela apareceu para o meu amigo, lembra?

Catarina aproveitou que a atenção da mãe estava direcionada aos gritos e lamentos do mano, e correu para o seu quarto. Com rapidez, escondeu as armas do crime, o lençol branco e a peruca loira, debaixo de seu colchão. Pulou na cama e se

---

[4] A lenda urbana da loira do banheiro, uma das mais famosas entre os estudantes, dizia que uma moça loira aparecia nos banheiros dos colégios para assombrar os estudantes corajosos que tivessem a coragem de chamar por ela três vezes na frente do espelho.

cobriu bem a tempo de escutar a mãe no outro cômodo, que socorria Serginho, dizendo:

– Isso só pode ser coisa da Catarina. Vamos ao quarto dela.

Dona Joana abriu a porta e viu a filha dormindo tão profundamente que até ressonava.

Serginho ficou desconfiado.

– Cutuca ela, mãe, pra ver se tá dormindo mesmo.

– Não precisa, Serginho. Você teve um pesadelo, só isso. Vamos voltar a dormir.

Assim que a mãe saiu do quarto, Catarina apertou o rosto no travesseiro com força, para evitar o som das suas gargalhadas.

No café da manhã, Juliana tirou um sarro.

– Escutei uns gritinhos ontem, chamando mamãe. Foi você, Catarina?

– Eeeeeu, não. Dormi tão bem, que não vi nada. O que aconteceu?

Foi a mãe quem respondeu.

– Serginho teve um pesadelo, só isso. Agora, comam e deixem seu irmão em paz.

Serginho ficou em silêncio e deu uma longa encarada em Catarina, ainda desconfiado. Àquela altura, as "armas do crime" já tinham sumido.

A peruca foi para o lixo. E, na semana seguinte, a mãe deu pela falta de um dos lençóis brancos de solteiro. Perguntou a cada uma das meninas e foi Catarina quem explicou o sumiço.

– Noutro dia, mãe, eu vinha caminhando da escola e vi um senhor deitado no chão, um mendigo. Daí, no dia seguinte, levei um lençol de presente. Eu sei que não resolvi o problema, mas ao menos dei a ele um pouco mais de conforto.

– Entendi. Na próxima vez, me pergunte antes se pode dar.

Não era mentira. Catarina dera mesmo o lençol para o homem que se deitava ao relento, e ainda tivera o cuidado de costurar os dois buracos feitos antes, para enxergar o caminho rumo ao quarto de Serginho, na noite da loira do banheiro.

Aliás, na noite da revanche, depois que a mãe e Serginho deixaram o quarto, ela teve a sua conversa de olhos fechados.

– Deus, eu sei que o senhor não gosta de vingança, mas isso não vai atrapalhar em nada a vida de meu irmão e o senhor sabe que eu o amo. Só quis pregar nele a mesma peça que pregou em mim. Tenho certeza que o senhor entende. E cá entre nós, a minha pegadinha foi melhor que a dele, concorda?

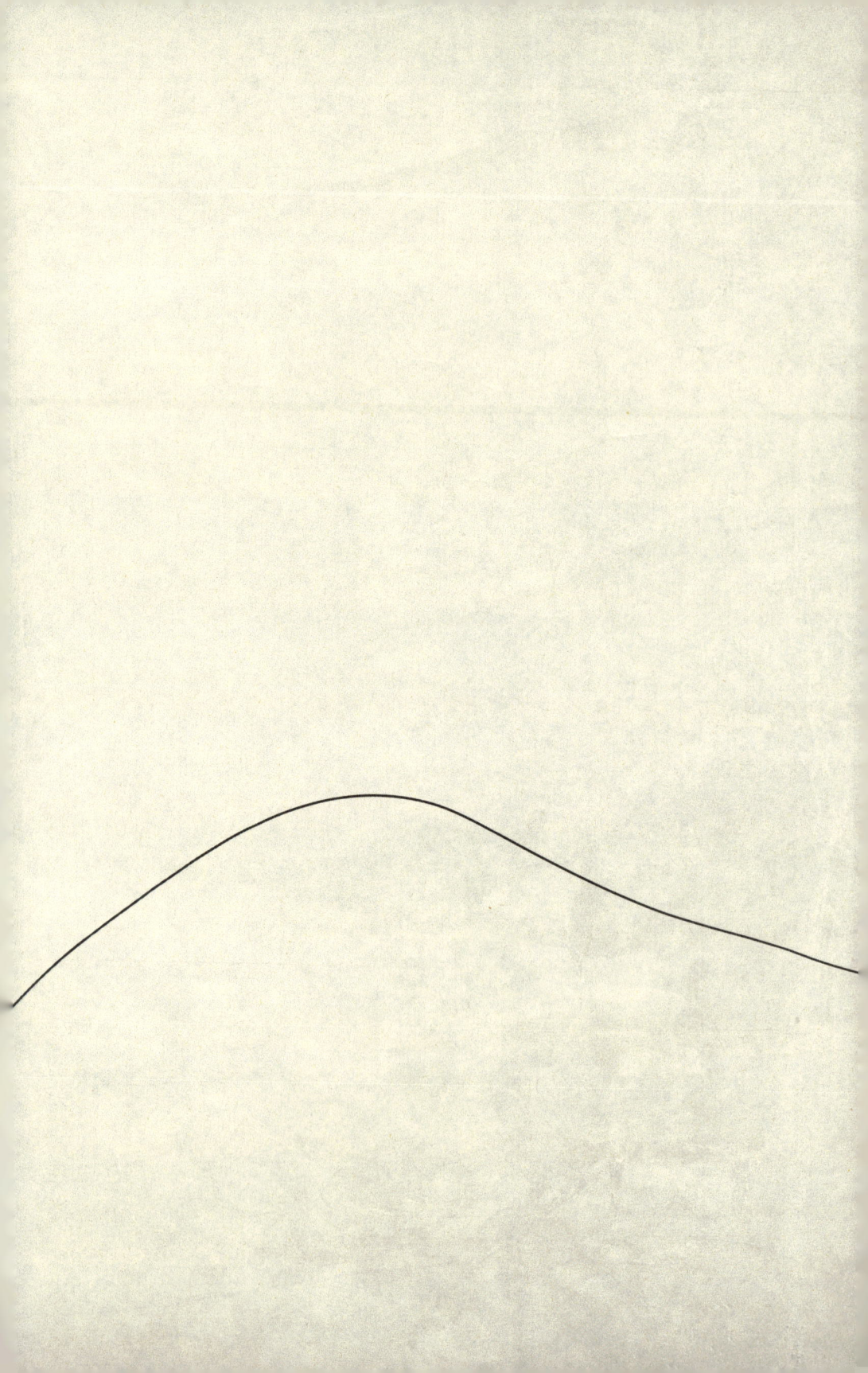

OS BARRACOS QUE ENSINAM

"Combater injustiças não deveria ser prerrogativa dos heróis, mas de todo cidadão que não se conforma ao ver um semelhante tratado com desrespeito."

Atire a primeira pedra quem jamais se revoltou e se indignou ao ver uma pessoa tratada com desprezo por alguém que é pago para servi-la, ou uma criança que tem a sua vida em risco pela ação descuidada de quem estudou e jurou zelar pela vida do próximo.

Catarina não se orgulha de seu destempero nessas situações, tem ciência de que pega pesado, mas confessa que volta e meia perdeu a paciência com pessoas que precisavam aprender uma coisinha nessa vida.

Resolvendo a papelada de uma situação sua no órgão público, pegou a fila e esperou a sua vez. Ignorou a placa que indicava atendimento prioritário aos mais idosos, pensando:

Sou velha, mas não tô doente e não seria justo passar na frente dos outros.

Observadora desde criança, ficou reparando no atendimento da moça responsável pela triagem.

Um senhor humilde, com visíveis dificuldades para se locomover, se aproximou dela, que avaliou os documentos e disparou.

– Está faltando o formulário X. Volte quando tiver preenchido.

– É que eu não sei preencher. Onde consigo esse formulário?

– Se não sabe, deveria ter verificado antes de chegar aqui. Vá até o terceiro andar e retire o formulário no balcão de atendimento – e gritou praticamente na orelha do velhinho –Próximooooooo!

Catarina ficou indignada e passou a observar com mais atenção. Cada usuário do serviço que chegava, levava uma bordoada. A moça era uma verdadeira metralhadora, disparava uma saraivada de indelicadezas e quando chegava ao fim do que dizia, não deixava seu interlocutor responder. Já gritava "próximoooooooooo".

Chegou a vez dela.

– Bom-dia! – disse Catarina.

Não ouviu resposta.

– Eu disse bom-dia! – insistiu.

A atendente silabou, toda irônica bom-di-a, se-nho-ra! O que deseja?

Catarina não gritou, mas elevou um pouco o tom, de maneira que todos na sala de espera puderam escutar.

– Desejo ver o meu problema resolvido e ai de você se gritar próximooooo antes de terminar o atendimento. Desejo educação da parte de quem se propõe a trabalhar no serviço público. E por último, aqui está minha documentação. Desejo que verifique se está tudo certo para a próxima etapa. Será que eu desejo muita coisa?

Mesmo sem se virar, Catarina sentiu que cada par de olhos naquela repartição pública estava voltado para ela. Pois a mulher a atendeu com atenção e capricho. No fim, delicadamente, disse que estava tudo certo, sugeriu o que poderia fazer para abreviar o próximo passo e finalizou com uma pergunta, desta vez sem qualquer ironia.

– Posso fazer algo mais pela senhora?

– Pode sim. Não por mim, mas pela senhora mesma. Hoje, eu soube pela manhã que uma égua fugiu do Jockey Club. Espero que as autoridades não encontrem a égua fugitiva por aqui, dando coices, para não machucar ninguém.

– Não entendi, senhora.

Catarina cochichou.

– Vou resumir: se você puder ser gentil e prestativa com as próximas pessoas que vai atender, hoje, amanhã e em cada minuto que prestar serviço público, o usuário do serviço vai ganhar, mas você ganha em dobro porque eu tenho certeza que você não é feliz assim, destratando as pessoas. Entendeu agora?

– Entendi, senhora. É que o serviço público é estressante e...

– Por favor, não pense que grosseria com velhinhos pode ser explicada. Só pense no que eu disse. Bom-dia, mocinha! – e se virou para ir embora. Antes de seguir, foi ao bebedouro, pegou um pouco de água e esperou em um canto, de onde a atendente não poderia vê-la, só para confirmar se a conversa surtiria efeito. Observou três atendimentos.

O tom da voz dela diminuiu, acabou o grito de "próximo" e até um meio-sorriso surgiu.

Agora sim, posso ir embora tranquila –pensou.

Aos olhos de Catarina, todo serviço direcionado a ajudar alguém deveria ter um lado humanístico, gentil e proativo. Não entendia o porquê, motivo pelo qual as pessoas, a exemplo dessa atendente, agiam de modo contrário. Essa excelência, pensava ela, resolvia problemas e até salvava vidas.

A prova contrária ela tinha em casa, com o filho mais novo. Levado ao hospital com uma crise asmática aos três anos, o médico aviou três gotas de um medicamento na inalação e a enfermeira, que batia um papo descontraído com a colega enquanto preparava o procedimento, colocou nove gotas. O erro quase levou seu filho a uma parada cardíaca. Depois desse dia, Catarina prometeu para si que nunca mais permitiria ser atendida com desdém, nem admitiria ver alguém ser atendido dessa maneira.

A vontade dela era voar no pescoço da enfermeira distraída, mas se conteve e disse para ela:

– Eu vi que você estava distraída. Não vou te processar, mas faço um alerta: nunca mais trate a vida de um paciente como se estivesse em um fim de semana com as amigas. Poderia ser o seu filho ou seu irmão a correr o risco que o meu filho correu. Já imaginou?

Deixou a moça pensativa e tocou sua vida. Por causa desse dia, deu aquela lição, no futuro, na atendente da repartição. Também por causa dessa promessa feita, é que armou um barraco, certa vez, em um dos hospitais mais consagrados de São Paulo.

O filho do meio tinha dois anos e apresentava um quadro difícil, recusando alimento, vomitando, com diarreia.

– Moça, preciso de um médico agora.

– Documentos, por favor.

– Moça, você não entendeu. Meu filho está pálido. Preciso de um médico agora. Providencie o doutor e enquanto a consulta for feita, eu venho aqui e a gente cuida da papelada. Não se preocupe com dinheiro agora, e sim com o médico.

– Tem que fazer a ficha primeiro, senhora!

Catarina perdeu a paciência. Ergueu a voz e disse para a irmã, que a acompanhava:

– Mana, você por favor vá preenchendo a ficha. Enquanto isso, vou bater de porta em porta até fazer o que essa moça deveria: procurar um médico com urgência.

O médico-chefe escutou e apareceu, saindo de uma das portas, esfregando os olhos, com cara de quem tinha acabado de dar uma cochilada entre um turno e outro.

– Dona, a senhora deve ficar calma, o mundo não vai acabar só porque o seu filho ficou doente. Com calma, tudo se resolve. Cadê a criança?

Catarina mostrou.

– Veja como o meu filho está pálido. Acha mesmo que não é urgente?

O médico colocou a lanterna em seus olhos, examinou o interior da boca e sua calma acabou na hora. Sacou do bolso um receituário, escreveu os exames que queria e deu uma ordem ao enfermeiro, que estava ao seu lado:

— Leve o menino agora e prepare tudo para o protocolo emergencial.

Catarina foi até o balcão.

— Agora sim, moça. Vamos preencher o que for necessário. Entendeu a ordem das coisas? Primeiro, você salva uma vida, e depois, trata da papelada.

— Eu só cumpro ordens, senhora.

— Então, aprenda a chamar alguém quando a situação parecer mais problemática do que a ordem que você deve cumprir. Ou custaria alguma coisa a você levantar-se daí, procurar o médico, explicar a situação e perguntar se poderia fazer a ficha depois do atendimento de urgência?

— A senhora tem razão, peço desculpas. Vou ficar mais atenta aos casos que precisam de maior urgência.

Feitos os testes e exames, doenças mais graves foram descartadas e se diagnosticou uma desidratação, fruto de possível intoxicação. Duas horas se passaram e o médico chamou Catarina na sala de exames, onde o seu filho tomava soro.

— A senhora é brava, hein?

– Não, doutor. Eu sou justa. Se o senhor deixar o seu filho brincando lá em casa com as minhas crianças, não vou desgrudar um instante sequer, até entregá-lo saudável a quem me confiou a criança, o senhor. Tudo o que eu espero é que façam o mesmo.

– Entendo, sua personalidade é forte. Bem, as notícias são promissoras. O rapazinho está tomando soro. Quando ele fizer xixi, estará liberado a ir para casa. Mas isso vai acontecer rapidinho, tenho certeza, assim que o soro acabar, o que deve acontecer em uns vinte minutos.

– E por que o senhor está com essa maleta na mão?

– É a minha bolsa. Eu vou embora.

– E o seu substituto?

– Deve chegar a qualquer hora. Até lá, se for necessário, tem um plantonista no oitavo andar do hospital, cuidando dos que estão internados.

– Negativo. Faço questão que o senhor espere o fim do procedimento.

– Mas eu preciso ir.

– O senhor fez um juramento quando se formou. Catarina trancou a chave de sua sala, e guardou-a no bolso.

– O senhor não vai embora agora. Ele precisa fazer xixi, certo? Então sentamos e vamos esperar. Afinal, o senhor mesmo disse há pouco ter a certeza de que isso vai acontecer rapidinho. Lembra? Pense comigo, doutor. O outro plantonista está oito andares acima cuidando de vários pacientes internados. Acha mesmo que ele terá tempo de descer às pressas se der algum problema?

Por mais incrível que possa parecer, o médico sorriu, sentou e esperou. Durante esse tempo, aproveitou para conhecê-la melhor.

– A senhora lembra minha mãe. Ela tinha esse mesmo jeito de resolver as coisas.

– Ah, doutor, depois que vi um filho meu quase ter uma parada cardíaca pelo erro de uma profissional, passei a ficar mais atenta.

– Compreendo a senhora.

Tentaram entrar, mas tiveram que bater na porta, que normalmente ficava aberta. Catarina tirou a chave do bolso, abriu e, do outro lado da porta, estava a recepcionista.

– Oi, doutor. O senhor ainda está aqui? Achei que já tinha partido. Passei só para ver como estava o menino. Fiquei preocupada.

Catarina a elogiou.

– Olha aí, que legal. É disso que eu estava falando. Se ficou preocupada, é porque agora passou a ver o paciente além do papel, pois nada é pior do que enxergar o papel além do paciente. Não é mesmo, doutor?

– É sim, Catarina – e olhando para a recepcionista, a tranquilizou – O menino está ótimo. Estamos só esperando ele fazer xixi, para liberá-lo.

– Ai, que bom. Obrigada, doutor!

Catarina nem fechou mais a porta. O médico não fazia mais menção de deixar o seu filho sem atenção. Foram quinze minutos de espera, até que a criança pedisse para ir ao banheiro, logo que acabou o soro.

Ela levou o filho ao banheiro. O médico ainda esperou que voltassem, quando então liberou o seu filho e disse algo que chamou a atenção de Catarina.

– Eu gostaria de ter a minha mãe ainda viva. Ela cuidava de mim desse mesmo jeito, atencioso, exigente e dedicado. Foi um prazer conhecê-la!

Catarina apertou a mão do médico e respondeu.

– Pra mim, no início foi um desprazer conhecer o senhor. Mas, agora, afirmo que foi um prazer, doutor!

Os dois riram e foram caminhando juntos, em direção à saída do hospital. O médico entrou no carro e partiu, acenando.

Sua irmã a chamou para partir.

– Vamos embora?

– Ainda não. Fique com o meu filho só um instante. Vou atravessar a rua e comprar uma coisa.

Voltou poucos minutos depois. Em suas mãos, um bolo de chocolate da famosa confeitaria que ficava em frente ao hospital, conhecida pela qualidade de seus bolos. Entrou no hospital, entregou para a atendente e selou as pazes.

— Você saiu da sua cadeira e foi até a sala de medicação só para se informar da saúde do meu filho. Isso mostra que renasceu, que uma "nova você" chegou aí. Então, parabéns. Aceite este bolo que comprei com carinho pra você e suas amigas.

Os olhos da recepcionista marejaram e ela quebrou o protocolo, atravessando o balcão que as separava.

— Posso dar um abraço na senhora?

E, assim, um abraço fraternal chancelou aquela relação que começou na pancada. Do lado de fora, sua irmã Juliana viu aquela cena e pensou:

— Impressionante como essa minha irmã tem o dom de sacudir as pessoas...

Um mês se passou. Catarina voltou ao hospital, atendendo ao pedido do médico, que desejava o retorno de seu filho em trinta dias. Felizmente, estava tudo em ordem na consulta de rotina. Porém, ela reparou que a moça não estava na recepção. Por um instante, temeu que a discussão entre ela e a recepcionista tivesse gerado sua demissão e foi perguntar para a nova recepcionista.

— Conheço sim. A senhora está falando da Fabiola, que virou a nossa inspiração. No mês passado, o diretor-geral ficou sabendo de uma história, que ela saiu da recepção e foi até a sala de medicação só para saber como estava um paciente. O hospital viu a atitude com bons olhos e a promoveu. Hoje, Fabiola trabalha em nossa administração.

– Que boa notícia. Obrigada e boa sorte a você, espero que também seja promovida logo!

Quem olhasse para Catarina ao lado de seu filho totalmente recuperado, naquele exato momento, não entenderia como alguém poderia estar dentro de um hospital com um sorriso tão satisfeito.

Mais tarde, chegou em casa e tomou assento na parte preferida do sofá, de frente para a porta. Pitava seu cigarro e teve seu diálogo.

– Lembra, Deus, que eu pedi desculpas noutro dia por ter discutido com a recepcionista do hospital? Acabou que deu tudo certo e, agora, entendo aquele Seu negócio de fazer o certo por linhas tortas. A gente dá umas porradas, a pessoa cresce e todos saem ganhando. Não é à toa que esse Seu mundão funciona até hoje. Acho que é exatamente desse jeito que o Senhor toca as coisas: às vezes bate de leve para a gente aprender e evoluir, não é? Sabia que eu...

E outra vez cochilou, antes de concluir o que desejava dizer ao Todo-poderoso.

Bernadete, sempre atenta, tirou o cigarro de seus dedos, apagou e ficou olhando um instante para aquela figura que aprendeu a admirar, pensando como Catarina era uma pessoa especial.

Longe daquela cena, no plano celestial, conta-se que Deus acompanhava de perto esses monólogos que Catarina cravava para pedir desculpas, explicar algo, agradecer por uma conquista, apresentar uma boa ação ou interceder em favor de alguém.

Conta-se ainda que Deus se divertia demais com as conversas dela e acompanhava os monólogos tal qual a gente acompanha uma novela, um filme ou seriado, ansioso pelo próximo capítulo.

Metáfora ou verdade, quem ousaria duvidar?

fim...